千里眼
美由紀の正体　上

松岡圭祐

角川文庫　14844

目次

失われた記憶

月明かりのない夜だった。ごつごつと岩の張りだした海岸線に高波が打ちつける。夏場だというのに吹きすさぶ風は、肌身が切り裂かれそうに思えるほど冷たかった。

北茨城《きたいばらき》市の五浦《いづら》海岸。大小の岩の壁によって天然の迷路が築かれていた。

野寺敏文《のでらとしふみ》は暗闇に目を凝らした。入り組んだ小道を、ひとりの女が逃げていくのがみえる。

白いワンピースを着て、麦わら帽子をかぶった二十代後半の女。岩の谷間にある六角堂の前を駆け抜け、海岸に向けて走っていく。

「畔取《くろとり》さん」野寺は呼びかけた。「畔取直子《なおこ》さん。待ってください」

女が振りかえった。その顔には、恐怖のいろが浮かんでいる。

閃光《せんこう》が瞬いた。カメラのフラッシュに白く照らしだされた直子の姿は、暗闇に浮かぶ幽霊のようでもあった。

身を翻し、直子は逃走しつづける。

野寺は、同行している記者にきいた。「カメラのフィルム、まだ残ってるか」

「もちろん」と記者が応じる。

「録音もとってるか？」

「ばっちりだよ」

「よし」うなずいて野寺は走りだした。

だが、足場は不安定きわまりなかった。岩につまずき、つんのめりそうになる。直子との距離は、ひらくばかりだ。

「畔取直子さん！」野寺は声を張りあげた。「止まってください。図面をどこにやったんです？　ただちにご返却いただかないと、大変なことになりますよ」

遥《はる》か向こうに見える岩をよじのぼっていた直子が、こちらを向いて怒鳴りかえしてきた。

「なんのことよ！　図面なんて知らないっていってるでしょ！」

「……とれてるか？」と野寺は記者にたずねた。

「わからん。風の音が強いからな」

「貴重な証言だ、録音できなきゃ意味がない。もっと距離を詰めよう」

野寺は歩を早めた。岩肌に手をかけながら前進するが、海岸の浸食によってできた洞穴がいたるところに存在し、ふいにつかまる場所を失って倒れこみそうになる。しきりに浴びせかかる海水のせいで足もとも滑りやすくなっていた。

懐中電灯を行く手に向ける。直子は岩を乗り越え、その向こうに駆けだそうとしていた。

そのとき、急に悲鳴があがった。

直子の姿は、岩の陰に消えた。

野寺は息を呑《の》んで、記者と顔を見合わせた。すぐさま走りだす。足がもつれ、転倒しそうになりながら、なんとか体勢を立て直して先を急いだ。

岩に登ったとき、野寺は愕然《がくぜん》とした。

目もくらむ断崖《だんがい》絶壁がそこにあった。満潮ではないが、入江は海水で満たされ、しきりに波しぶきがあがっている。そこかしこに岩礁が突きだした海面、その浅瀬に横たわる直子の姿が小さく見えていた。

足を滑らせ、転落したのだ。仰向けになった直子の身体は、ぴくりとも動かない。

「なんてことだ」記者の声は動揺に震えていた。「すぐ救急車を呼ばないと」

無言のまま、野寺は崖下《がけした》を見つめていた。

これは事故だ。こちらに責任があるわけではない。

だが、タイミングが悪すぎる。野寺はひそかに舌打ちをした。

図面の在《あ》り処《か》をまだ吐かせていない。迷宮入りになったのでは、この追跡は意味をなさなくなる……。


茨城県警に二十年以上勤めて、四十代も半ばをすぎたころになって、ようやく東海村の安い分譲地に小さな家を買うことができた。

そんな廣瀬《ひろせ》正司《しょうじ》警部補にとって、きょう訪ねた屋敷は圧倒されるほど立派なものにほかならなかった。

蟬の合唱とともに、正午すぎの強烈な陽射しが降り注いでいる。畔取と表札のかかった純和風の門の向こうには、広大な日本庭園がひろがっている。そして、平屋ながら天守閣のように鮮やかな白亜に塗られた家屋があった。

使用人に案内され、屋敷の廊下に歩を進める。和洋折衷の造りだった。畳の部屋が多いが、板張りの部屋には机や椅子が並んでいる。

家の主《あるじ》とその妻は、そんな洋風の居間で待っていた。

静寂のなか、柱時計が秒を刻む音がいやに大きく響いて聞こえる。

医師から報告は聞いていたが、畔取直子は一見して深刻な状況に陥っているとわかる。ひどくやつれ果てて、やせ細り、青白い顔でうつむくばかりだった。退院して一週間は経つが、頭にはまだ包帯を巻いている。

夫のほうは対照的に健康そのもので、がっしりとした体格の猪首の男だった。

男は立ちあがり、会釈した。「直子の夫、畔取利行《としゆき》と申します。このたびは直子のことで、お手数をおかけしまして……」

「いえ」廣瀬は恐縮しながら頭をさげた。「とんだことでしたな。命に別状がなかったのだけは幸いでしたが」

「ええ……」

廣瀬は直子に目を移した。「こんにちは、奥様。茨城県警刑事部、捜査第一課の廣瀬と申します」

「……廣瀬、さん？」直子はぼうっとした顔で見返した。「前に、お会いしました？」

「機動捜査隊の者は病院にうかがったと思いますが、私は初めてですよ」

「そうですか。……よく覚えていないもので……」

妙に思い、廣瀬は夫のほうにきいた。「事故の後のこともお忘れなんですか？」

「はい」と畔取利行は深刻そうにうなずいた。「すべてではないのですが、覚えていないというより、記憶そのものがうまくいっていないようなんです。医師の話ですと、ええと、宣言記憶といって、出来事だとか会った人の顔だとか、そういうものはよく覚えられない傾向があると」

「事故の後遺症の一種ですか。そのうえ、崖から転落する前のことについてはほとんど思いだせないわけですね？」

「そのようです」

「直子さん。あのう、何度も聞かれたこととは思いますが、もういちど考えてみてくれませんか。なぜ五浦海岸に行ったんです？　誰かに追われていたようだが、その人物らに心当たりは？」

しばし直子は黙りこくっていたが、やがて首を横に振った。

「わからない……。申しわけありません……」

「いいえ、いいんですよ。ふとした拍子に、なにか思いだすことがあるかもしれないと思っただけのことでして。お気になさらないでください」

「警部補さん」利行がいった。「直子は、人に追われるような生活など送ってはいなかった。専業主婦だったし、ふだんつきあいがあるのも近所の顔見知りばかりです。いったい直子は誰に追われていたというんです？」

「まだわかりません。一一九番に連絡して、救急車を要請した男がその追跡者のひとりとみて、まず間違いないでしょう。渓谷の比較的乾いた砂の上にふたりの男の靴の痕《あと》が残ってました。ただ、あの海岸は断崖絶壁の付近は岩ばかりで、しかも高波のせいで痕跡《こんせき》はすっかり洗い流されてしまったようで……。男たちがどこに立ち去ったのか、はっきりしたことは何も判らないんです」

直子は両手で顔を覆った。

肩を震わせながら、直子はつぶやくようにいった。「覚えていない……。どうしたらいいの。なにひとつ思いだせない……」

「直子、心配するな。落ち着いて」利行は静かに告げて、妻の手を握った。その顔が廣瀬に向けられる。「警部補さん、病院からの報告もお聞きになっていると思いますが……家内の記憶を取り戻す具体的な治療策はないんでしょうか」

「そのことなんですが、奥さんの頭部に外傷はあったものの、脳血管障害などの機能異常はみとめられなかったようで……。器質性ではなく心因性の健忘の可能性が高いと」

「というと、崖から落ちたときの恐怖というか、ショックで記憶喪失になったわけですか」

「あるいは追い詰められたがゆえの絶望感だとか……。脳神経外科医と精神科医の報告書を読みましたが、いまだ判然としません。そういう経緯もありまして、医師とは別の専門家を呼ぶべきとの声があがっていましてね」

「臨床心理士です。カウンセリングによって道が拓《ひら》ける可能性もあるということらしいんですが……。ただ、そのう、人選がどうもね……」

「どうかしたんですか？」

「いえ。どういう理由かわからないのですが、本庁が日本臨床心理士会と協議した結果、ある特定の臨床心理士を派遣すると通達してきましてね。われわれの管轄内で起きた事件だというのに、こんなことは前代未聞ですよ」

「警視庁が選んだ臨床心理士ってことですか。なぜ？」

「だから、それがわからんのです。腑《ふ》に落ちないので病院にも問い合わせてみたんですが、そちらのほうにも圧力がかかってるらしくて、本庁の決定に従うべきだというんです」

「そこまでして、どうして臨床心理士を指定したいんでしょうね？　よほどのベテランとか？」

「ところがそれが、そうでもないようでして。弱冠二十八歳の女性です。まあ病院の話じゃ、臨床心理士っていう資格制度が整ってきたのもごく最近のことだし、資格を取得してそれほど長く経験を積んだ人がいるわけでもないという話ですがね」

「ますますおかしな話ですね」

「ええ、まったく。しかし、もしよろしければその臨床心理士をここにお招きして、カウンセリングを施してみるべきということですが……。どうなさいますか？」

夫妻は顔を見合わせた。ふたりとも戸惑っているようだったが、やがて直子が小さくうなずいた。

利行は廣瀬に向き直っていった。「いいでしょう。私たちとしては、直子が元に戻る可能性があるならあらゆる手を尽くしたい。この際、贅沢《ぜいたく》はいってられません」

「そうですか。じゃあ連絡をとってみます」

廣瀬は腰を浮かせて、携帯電話を取りだした。ふたりに背を向け、いったん廊下に出る。

連絡先は、本庁から届いたファックスに記されている。廣瀬は懐に入っていたその用紙をだして、広げてみた。

二十八という実年齢よりずっと若くみえる女の顔写真がそこにあった。大きな瞳《ひとみ》に、どこかすましたように感じられるつんとした鼻、薄い唇がバランスよくおさまり、ウェーブのかかった髪にふちどられている。見れば見るほど美人だ。まるでファッション雑誌の表紙をかざるモデルのようでもあった。

プロフィールには身長百六十五センチ、体重四十八キロと記載されている。理想的なプロポーションといえるだろう。小顔のようだが、それだけの背丈があれば八頭身か九頭身といったところかもしれない。

気になるのは、その履歴だ。十八歳で防衛大学校に入学。二十二歳で首席卒業、幹部候補生学校を経て航空自衛隊に入隊、すなわち幹部自衛官だったわけだ。二十五で除隊、以後臨床心理士に転職し、現在に至るという。名前は、岬美由紀《みさきみゆき》。

防衛省出身であることを最も重視しての人選だと、本庁はその意向を伝えてきている。臨床心理士は資格制ゆえに、以前の職業は多種多様だという。そのなかから、なぜ防衛省出身者を選ぶ必要があったのか。まるで理由が見えてこない。

首をひねりながら、廣瀬は用紙に記された番号を携帯電話に入力していった。二十八で国家公務員の道を外れた女、か。地方公務員の俺にとっては理解しがたい人生だ。心のなかでそうつぶやいた。

ストーカー被害

午後二時すぎ、東京の空には厚い雲がかかり、地上には激しい雨が降り注いでいた。

岬美由紀はランボルギーニ・ガヤルドを徐行させていた。Eギアを変速させる機会は、きょうはなさそうだった。もてあまし気味のトルクを抑えに抑えて、慎重にステアリングを切りつづける。フロントガラスをしきりに拭《ぬぐ》うワイパーの向こう、表参道から一本入った古い住宅街の路地にひとけはなかった。

目的地の三階建てアパート前にクルマを寄せて、すぐにエンジンを切る。雨音に遠雷が混じっていた。もの音はそれだけだった。

ドアを開け放って外に降り立つ。こんな天気だけに、美由紀は上下ともにデニムにしてきた。リーバイスのレディス、トップスのジャケットは水に強いうえに動きやすい。スニーカーで路面の水溜《たま》りの上を駆け抜けて、アパートの軒下に逃げこんだ。

ほんの数秒、雨に晒《さら》されただけでもびしょ濡《ぬ》れだ。Tシャツの襟もとをつかんで絞り、水分を抜くと、二階への階段を昇った。

203号室の扉の前に立ち、呼び鈴を押す。

ほどなく錠の外れる音がして、扉が開いた。

ほっそりとした小柄な女が姿を現した。Tシャツにデニムスカート、軽装というよりはずっと部屋に引き籠《こ》もっていたらしく、髪はぼさぼさだった。

それでも、二十六歳にしてあどけない顔は少女のようでもある。どこか頼りなさそうで、不安がちな瞳が虚空をさまよい、美由紀をとらえた。

とたんに、雪村藍《ゆきむらあい》の顔に安堵《あんど》の笑みがひろがった。「美由紀さん。……ああ、よかった。来てくれて」

美由紀は穏やかにきいた。「どうしたっていうの？　ずっと会社を休んでいるんだって？」

「そうなの。なんだか不安で」

「不潔恐怖症が再発するきざしはある？」

「いえ。あ、わたし以前はそういう症状だったんだね。もう忘れてた」

「なら、精神的にそこまで追い詰められてはいないのね。安心したわ」

「だけど……手の震えがとまらないの。どこにいても怖くて。部屋のなかでも、いつ電話が鳴るかと不安で……。あ、仮病なんかじゃないよ。会社行くのは嫌じゃないし。けど……」

「わかってる」と美由紀は微笑みかけた。「藍が嘘をついていないことぐらい、ひと目見ればわかるから」

「……そうだったね。美由紀さんは特別だもんね。ごめん、友達にも疑われてばかりいるから……」

「心の疾患が他人から理解されにくいことは、あなたに限ったことじゃないのよ。だから心配しないで。力になるから」

「ありがとう、美由紀さん。さあ、あがって。狭い部屋だけど」

「そんなことないわ。いい部屋よ」

スニーカーを脱いで部屋に入る。ワンルームの室内は整然と片付いていた。服もきちんとクローゼットにおさめてあるらしい。ベッドとテレビ、小さなデスクにノートパソコン。目につくものはそれぐらいだった。

テレビは、昼のワイドショー番組が映っていた。スタジオでタレントが笑いながら話している。「……で、三百万部のベストセラーってことで話題の『夢があるなら』ですけど、泣ける本ってことでずいぶん話題を集めてるじゃないですか。でも私、さっぱり泣けなかったんですけどね」

女性タレントが呆《あき》れたようにいう。「椅子にふんぞりかえって、ガムを噛《か》みながら読んでたでしょう？　真剣に読んでなかったんじゃないですか？」

「とんでもない。もっと襟を正して読めとでも？　ただ、私の妹も風船ガムを噛みつつ読んで、つまらなかった、さっぱり泣けないって言ってましたけどね」

「ほら。兄妹だけに感受性のなさが共通してるってことじゃないですか？」

ブラックユーモアに笑いが起きるスタジオのようすに、こちらが同調できない気分なのはあきらかだった。美由紀はリモコンを手にして、テレビを消した。

藍が部屋の真ん中にローテーブルを運びだしてきた。美由紀は、そのテーブルをはさんで向かい合わせに腰をおろした。

「なにか飲む？」と藍がきいてきた。

「いいえ。ねえ藍。不安があるといっても、それは漠然としたものではなさそうね。恐怖を覚える要因ははっきりしているんじゃなくて？」

感嘆したようなため息とともに、藍はいった。「さすが美由紀さんだよね。会ってすぐ、そこに気づいてくれるなんて。警察じゃろくに話も聞いてくれなかったのに」

「警察……？」

「あのね……最近、へんなことばかり起きるの。二週間ぐらい前だったかな、会社の帰りに、中年の男の人が声をかけてきて、セブン・エレメンツのコンサートのチケットが二枚あるから、一緒にいかないかっていうの」

「いきなり？　知り合いの人？」

「全然。会ったこともなければ、同じ会社でもないみたいなの。その人、何日か経って駅でも見かけたし、このアパートの前までついてきたりするの」

「ストーカーか……。それは困ったわね」

「それだけじゃないの。アパートの前で別の人が待っていたこともあったの。太って頭が薄くなった、四十すぎの人だけどね。アルバローザとセシルマクビーのTシャツを持って、あげるっていうの」

「アルバとセシルって……。藍のお気に入りのブランドでしょ？」

「そうなの。それもサイズもSでぴったりなの。渋谷と原宿で売り切れてたやつで、ちょうど探してたときだったんだけど……」

「藍が求めていたものを、ずばり提供してきたってわけ？」

「うん。信じられないことでしょ？　それからまた何日か経って、さらに三人めの男の人がコンビニで話しかけてきたの。その人の喋《しゃべ》り方はたどたどしくて、こっちも途中で逃げだしたかったんだけど、かいつまんで言うと、ロシアンブルーが家にいるから、一緒に住んでくれないかって」

美由紀は啞然《あぜん》とした。

ロシアンブルーは、藍がしきりに飼いたがっている猫の種類だ。そのことを知る友人はごく限られている。

「つまり」と美由紀はつぶやいた。「中年ストーカーたちが次々に現れては、藍の望んでいるものばかり差しだしてくるってことね」

「そうなの。なんだか気持ち悪くて。最初の人だったか二番目の人だったか忘れたけど、箱根の温泉に連れてってあげるなんて言うんだよ。近場の温泉に行くんだったら箱根かなって、ぼんやり思ってたところだったの。誰にも話してないし、旅行会社に問い合わせてもいない。どうしてこんなことが起きるの？」

室内を油断なく見まわしながら、美由紀はいった。「盗聴器、仕掛けられてない？　誰にも話してないことでも、ひとりごとでつぶやいている可能性もあるし」

「わたしもそう思ったんだけど、掃除がてら部屋の隅々まで探しても、なにも見つけられなくて。でね、ほんとに怖くなったのは、出張で二日間、大阪のビジネスホテルに泊まったとき。最初の人がまたそこに現れて、隣に部屋をとったから、夜は一緒に食事しようっていうの」

「まさか……。大阪まで尾行されたの？」

「じゃなくて、わたしの出張先を知ってたのよ。フロントの人に聞いたら。前々日に電話予約してたらしくて……。それでもう本当に怖くなって、なにも食べられなくなって、口のなかはからからに乾いて……。気分が悪くなって、寝こんだの。やっと最近、落ち着いてきたところだけど、まだ不安でたまらなくて」

「そうだったの……」

「警察の生活安全課の防犯係だっけ、そういうところに相談に行ったんだけど、あきらかに本気にしてくれてないの。作り話だと思ってんのよ。だからわたし、誰も頼れなくて。どうしたらいいかわからなくて……」

藍の瞳《ひとみ》が潤みだした。震えるその手を、美由紀は握った。

「もうだいじょうぶよ」美由紀はいった。「あなたはすべて、本当のことを言ってる。わたしにはわかってるから」

「だけど……どうしたらいい？　怖くて家から一歩も出られないよ」

泣きそうな藍の顔を見るうちに、美由紀のなかに憤りがこみあげてきた。

独り暮らしの女性の弱みにつけこんで、一方的に尾《つ》けまわし、押しかけてくるなんて。

複数現れたというその男たちもグルの可能性が高い。藍の話では中年ということらしいが、妻子があってもおかしくない年齢で、よくそのような暴挙が働けるものだ。

しばしの沈黙のあと、藍がきいてきた。「どうしたの、美由紀さん？」

「え？」

「なんだか怖い顔をしてる」

「あ……そう？　ごめんね。ストーカーたちのことを考えてたら、許せなくなって」

藍は美由紀を見つめていたが、また辛《つら》そうに目を伏せた。

「……わたし、ずっとこんなふうに生きていくしかないのかな。美由紀さんみたいに強くないし。一生、不安を抱えて暮らすしかないのかな」

「そんなことないわよ、藍。動揺するのもわかるけど、不安の要因を取り除いたらきっと落ち着くようになるわ。わたしが協力してあげるから」

「ほんとに？」

「もちろんよ。友達でしょ？」

「嬉《うれ》しい。でも……」

「どうかした？」

「不潔恐怖症に戻ってはいないけど、心が不安定になっているのは感じるの。理由もなく胸がどきどきしたり、夜も寝つけないし」

「そうね……。藍の心のなかに芽生えだしている疾患を治していくことも必要よね。自律訓練法で落ち着く方法を身につけておいたら？」

「自律……？」

「わたしの脈をとって」と美由紀は手首に藍の指先を触れさせた。「一九二二年にドイツの精神医学者シュルツが考案した自己暗示法なの。こうして呼吸を穏やかにして、身体の力を抜くの。腕と脚が温かいとか、額が涼しいとか、自分に暗示しながらイメージを与えていくと……」

しばらくして、藍は目を丸くした。「うそ。脈がどんどん遅くなってる！」

美由紀は笑った。「心と身体は密接な関係があるから、身体を弛緩《しかん》させれば心もリラックスするっていう、心身のメカニズムを利用した方法なの。脈を落とせばそれだけ思考ものんびりしたものになって、眠気を誘うこともできる。眠れない夜には最適ね」

「すごい特技……」

「そんなに大げさなものじゃないってば。ごく一般の社会人も多く実践しているやり方よ。ほんの数日、練習すれば身につくはずよ」

「教えて！　ぐっすり寝ることができたら、どれだけ楽になるかわかんない」

「いいわよ。コツは、暗示の言葉を理解しようとすることじゃなくて、実感的にイメージをとらえていくことにあるんだけど……」

そのとき、携帯電話が短く鳴った。

ちょっと待って。美由紀はそういって、ポケットから携帯を取りだした。

メールを受信している。差出人は日本臨床心理士会の専務理事。メールの文面は短かった。至急にして重大、連絡乞《こ》う。

思わずため息が漏れる。

この種の呼び出しは、実際に急を要する事態にほかならない。過去に専務理事から直接メールを受け取ったのは二度だけだ。新潟の震災、三重県津市の河川氾濫《はんらん》。いずれも被災者の心的外傷後ストレス障害《PTSD》に対処するための派遣だった。

美由紀はいった。「行かなきゃ……」

「そう……」藍は残念そうにつぶやいた。

「用件が済んだら、すぐ戻るわ。戸締まりだけは気をつけて、ゆっくり休んでね」

「うん。美由紀さんも、充分に注意してね……」

「わたしは平気よ。じゃ、また明日にでも来るから」

不安に駆られた藍のすがるような目を見るうちに、ここに留《とど》まりたい衝動に駆られる。

だが、そうしてばかりもいられない。

部屋をでるとき、美由紀のなかを妙な思いがかすめた。

ストーカーのことに思いが及んだとき、わたしはなぜ一瞬、我を忘れてしまったのだろう。ストーカー被害の相談は今回が初めてではない。それなのにどうして、強い嫌悪を感じたのだろうか。

真実の重さ

廣瀬正司警部補は当惑を禁じえなかった。

畔取夫妻とともに屋敷の客間で待つこと二時間、ようやく現れた岬美由紀なる臨床心理士は、写真で見るよりもさらに若々しく、ほとんど女子大生といっていい風体だった。スーツではなくジーンズの上下というカジュアルな装いのせいかもしれないが、本庁がなぜこの人選を押しつけてきたのか、ますます理解に苦しむ。

それにしても、弱冠二十八の若さでランボルギーニに乗るうえに、廊下を歩いてきたときの油断のない豹《ひょう》のような身のこなしといい、絶えず油断なく辺りを監視するかのような大きな瞳といい、どこか変わっている。美人には違いないが、隙というものがまったく存在しない。こんな臨床心理士がいるのだろうか。

岬美由紀はこの屋敷を訪れるとすぐ、畔取利行から事情を聞き、彼の妻の直子に起きた一部始終の説明に耳を傾けていた。それが終わると、記憶喪失についての簡単なテストがあった。

美由紀は直子にいくつか質問をし、直子はそれに答えていった。都道府県名をすべていえますか？　はい。昨晩なにを食べたのか覚えてますか？　いいえ、よく思いだせません。

「なるほど」と美由紀はいった。「宣言記憶のなかでも意味記憶については健忘は生じてませんが、出来事記憶は記銘の段階でうまくいっていないようですね。精神科医の見立てどおりです。そして、五浦海岸での転落事故以前の記憶喪失については、逆行健忘の時間勾配《こうばい》を伴っている。はるか昔に起きたことは覚えていても、事故の日が迫るにつれて記憶が曖昧《あいまい》になっている」

夫の利行がきいた。「つまり、家内の記憶喪失は本物というわけですか」

「そのとおり。奥様の言葉に嘘偽りはありません。ところで、旦那《だんな》様のほうですが……」

「私はサインドだよ。ご存じと思いますが」

「ああ……それなら知ってます。なるほど」

廣瀬は妙に思った。

いま岬美由紀と畔取利行のあいだで交わされた会話の意味はなんだろう。美由紀はなにを問いかけようとし、どんなことに納得したのか。利行の口にしたサインドという単語も耳に馴染《なじ》みがない。

利行は真顔で美由紀を見つめた。「医師の話では心因性ということでしたが……」

「そうですね。でも奇妙なことに、直子さんは質問に理路整然と答えたり、規則正しく暮らすことには苦痛を覚えていないようです。強迫性障害に端を発しているのなら、こうしたことを行うにあたって駆り立てられているかのような強迫観念が生じるんですが、そうでもないようです」

「というと？」

「何者かに追われたことへの恐怖が記憶喪失の原因ではないようです。崖《がけ》まで追い詰められて危険な目に遭ったというのに、追っ手に対する恐怖心はさほどでもなく、ただ転落したことで生じた外傷後ストレス障害のみが原因と考えられます。状況から察するに、こんな症例は考えにくいんですが……」

「私としては、とにかく家内の記憶が戻ることがなにより重要です。どのような療法が効果的なんですか？」

「強迫性障害なら医師による薬物療法をお勧めしますが、この場合は……。お屋敷のなかで目につく物だけでは、直子さんの記憶を呼び覚ますきっかけにならなかったわけですから、ほかになにか重要な物でもありませんか？　直子さんが大事にしていた物で、事故後まだ目に触れていない物は」

「品物ですか……。ああ、そうだ、あれはどうでしょう」

利行は立ちあがって、近くの書棚から古くなった封筒を引き抜いてくると、テーブルに置いた。

封筒の表にはボールペンで走り書きがしてあった。ＦＩＦＡ女子ワールドカップ第十四回アジア予選。サイアムシティ五月二十七日〜。

美由紀がきいた。「なかを見ても？」

「どうぞ」と利行がいった。

廣瀬は美由紀の手もとを覗《のぞ》きこんだ。封筒から取りだされたのは、航空券にアジア予選大会の観戦チケット、それに一万円札の束だった。二十万円ほどある。

「なんですか？」廣瀬はたずねた。

「ヘソクリですよ」利行は笑った。「私も知らなかったが、何年も前に家内がこっそり貯めたもののようです。隠したまま、忘れてしまってたんでしょうね」

「へえ」美由紀は直子を見つめた。「第十四回ってことは、二〇〇三年ね。このことは覚えてる？」

ところが、直子は眉間《みけん》に皺《しわ》を寄せるばかりだった。「さあ……」

「女子ワールドカップの選手の名前は？　誰か知ってる？」

「……いいえ。わかりません」

「サイアムシティって、バンコクのシーアユタヤ通りに面してるホテルよね？　たしか予選大会はバンコクで六月に開催されたし、ここにある物を見るかぎりでは、あなたはタイに長期滞在するつもりだったみたい。かなり思い入れがあったのね。ファンというか、立派なサポーターだったはずだけど……。なにも覚えてないの？」

「……思いだせないんです。すみません……」

「いえ。謝らなくてもいいんですよ。けれど、どうもヘンね……」

美由紀はしばらくのあいだ、チケットや紙幣を見つめていた。

やがて、なにかに気づいたように、片方の眉《まゆ》がぴくりとあがった。中身を封筒に戻してから、それを直子に押しやる。

「奥様」美由紀は告げた。「ごく最近のことなんですけど、この封筒をあなたに渡した人がいますね？　昔から持っていたことにしてくれと、誰かが頼んだはずです」

利行が面食らったようすできいてきた。「ごく最近？」

「そうです。これは偽装です。封筒も中身も古びているように見せかけてありますが、少なくとも当時用意されたものではありません」

「なぜです？」

「これを見てください」美由紀は封筒から紙幣を取りだした。「下のほうに小さく、国立印刷局製造と記してあるでしょう？」

「ああ……たしかに」

「二〇〇三年の四月に財務省印刷局が、独立行政法人国立印刷局となりました。それを反映して六月以降、紙幣にはこのように記されるようになったんです。その前は財務省印刷局製造、もしくは大蔵省印刷局製造となっていました」

廣瀬は息を呑《の》んだ。「じゃあ……」

美由紀はうなずいた。「五月二十七日からバンコクに滞在するために貯めたお金に、この紙幣が交ざっているはずがないんです」

「だ、だが」畔取利行はあわてたようにいった。「この封筒は、たしかに家内が持っていた物だよ。キッチンに隠してあったのを、私が数日前に見つけたんだ。誓ってもいい」

「ええ」と美由紀は微笑した。「わかってますよ。旦那様が嘘をおっしゃっていないことは、お顔を見ればわかります」

どうしてそう断言できるのだろう、と廣瀬は思った。美由紀の言葉は自信に満ち溢《あふ》れていて、なにもかも見透かしているかのようだ。

「だから」美由紀は直子に向き直った。「これは旦那様のしわざじゃなく、奥様の偽装です。とはいえ、奥様がみずから考えたことなら、自分が興味を持たない女子ワールドカップを旅行目的とは設定しないでしょう。もし奥様がサポーターだった場合は非陳述記憶といって、無意識のうちに湧き起こる衝動や行動として、現在の記憶の片隅に残っているはずです。言葉を話したり、椅子に腰掛けたりといった非陳述記憶に障害はなさそうですからね。だからこれは奥様以外の人間が考えたんです。これを押しつけてきて偽装を強要した人物がいたのです」

直子は呆然《ぼうぜん》とした目で見かえした。「強要……」

「誰かがあなたに言ったはずです。二〇〇三年に女子ワールドカップ観戦に行くはずだったのに行けなかった。そういう事実を頭に刻みこめ、と」

しばらくのあいだ、直子は無言で美由紀を見つめていた。

沈黙は長くつづいた。柱時計の音だけが秒を刻んでいく。

やがて、直子はぼんやりとつぶやいた。「思いだした……」

「なに？」利行が身を乗りだした。「本当か？　直子」

「わたし……。そう。この封筒を渡されて、そう言えって指示された。女子サッカーのファンだから、タイまで観戦しに行くって……。行けなくて残念だったって、さも悔しがれとも言われた……」

美由紀がきいた。「五浦海岸で何者かに追いかけられた夜のこと、思いだせる？」

直子の目は虚空をさまよっていたが、すぐにその表情に恐怖のいろが浮かんだ。

「怖かった」直子は怯《おび》えきった顔で告げた。「逃げなきゃいけないって思ってたけど、足がすくんで……。ほんの一メートル先も見えない暗闇だったし、どこから崖なのかわからないし……。それで、わたし、足を踏みはずしちゃって……」

「追いかけてきたのが誰なのかわかる？　その人はあなたに何か言った？」

「ええと……。止まれって。それと、ああ、そうだわ。図面をどこにやったのかって」

「図面？」

「すぐに返さないと、大変なことになるって」

利行が直子の肩に手をかけた。「その図面だが、どこにあるのか判るか」

「……ええ。わかる。それも渡された物だから……」

直子は、サイドテーブルに置いてある自分のハンドバッグに手を伸ばした。それを逆さにして、中身をテーブルの上にぶちまける。

からになったハンドバッグの底を、直子は手でさぐった。それから、びりびりと底に張ってある布を剝《は》がしだした。

その隠し場所から、折りたたまれた紙片が取りだされた。

何者だ。

廣瀬はただ唖然《あぜん》とするばかりだった。いったい何が起きているんだ。この女はいったいだが、廣瀬が手を伸ばして紙片を受け取ろうとする前に、利行がサッと妻の手からそれを奪いとった。

畔取利行は、紙片を広げることもなく、懐にしまいこんだ。すぐに立ちあがり、きわめて事務的な口調で告げた。「じゃあ私はこれで」

その態度は、いままでの妻の身を案じていた夫という立場とは、まるで相容《あいい》れないものだった。まるで演劇を終えて舞台を降りる役者のように、さばさばとした物言いだけがそこにあった。

直子も異変に気づいたらしい。利行の顔を見あげ、呆然とした面持ちでいった。「あなた……誰？　わたし、結婚なんかしてないわよ」

頭を殴られたような衝撃が廣瀬を襲った。

夫婦ではなかったというのか。そんな馬鹿な。身元は署のほうで確認済みのはずだ。

直子の夫になりすましていた男は、険しい目つきで廣瀬を見つめ、軽く頭をさげた。

「防衛省内部部局、防衛政策局調査課の嵩原利行《たかはらとしゆき》。急ぎますので、これで失礼します。土《つち》浦駐屯地《うらちゆうとんち》で報告書をまとめますので、出来上がりしだい、茨城県警のほうにも文書でご説明させていただきます。それでは」

それだけ言い残すと、嵩原と名乗った男は直子に目もくれず、足ばやに退室していった。

「ちょっと」廣瀬は立ちあがった。「待ってくださいよ。いったいこれはどういう事情で……」

ところが、岬美由紀が座ったまま冷静な声をかけてきた。「警部補さん。行かせてあげてください。彼には彼の仕事がありますから」

「……お知り合いだったんですか？」

「いいえ。きょう初めて会いました」

「ほんとに？　岬先生はこれがどんな状況か、理解してるんですか？」

「この部屋に入った瞬間、わたしはあの人が直子さんの夫ではないと気づきました。彼は演技をしていて、記憶を失っている直子さんに夫だと思わせようとしていると」

「ど、どうしてそう見抜けたんですか？」

「……まあそれはいいとして、嵩原さんに悪意がないことは、彼の言葉でわかりました。SAIND《サインド》と言ってたでしょう？　Secret Action In National Defense、つまり国防上における機密行動ってことです」

「そうすると……諜報員《ちょうほういん》みたいな方だとか？」

美由紀はにこりともせずに首を横に振った。「日本政府にはそのような国内向けの潜入捜査員制度はありません。だから内部部局の人間が抜擢《ばってき》され、その役割を担うんです」

「さっきの図面って、ありゃいったい何ですか」

「わかりません。わたしたちが知る必要もないでしょう。政府は、記憶喪失に陥っていた畔取直子さんから、あの図面をなんとしても取り戻さねばならなかった。それでサインドとして防衛省の人間が付きっきりになった。夫を装ったのは、直子さんに不自然がられずに行動を共にするためでしょう」

「なんてことだ。違法かどうかは知りませんが、感心しないやり方ですな」

「それだけ緊急性の高いことだったんでしょう。警視庁も全面的に協力したんでしょうね。医師の勧めで精神療法のために臨床心理士を呼ぶことになったけれども、ごく一般の人間では機密漏洩《ろうえい》の心配を余儀なくされるので、わたしが呼ばれたんです」

なるほど。それで元自衛官か。サインドとやらの芝居につきあって口車を合わせてくれる人材を選んだわけだ。

するとは事情も知らされず、ただ踊らされていただけか。しかも、なんの役にも立っていない。とんだピエロに仕立てられたものだ。

そのとき、直子が椅子から滑りおちて、床にうずくまった。

押し殺したような声ですすり泣きながら、直子は身を震わせている。

美由紀がゆっくりと直子に歩み寄り、しゃがみこんで声をかけた。「落ち着いて。直子さん。ショックだったでしょう？　もう心配ないわ」

「だ……だけど……あの……」

「夫のふりをしていたあの人の行動を、悪く思わないで。防衛省の人もみな、罪悪感と戦いながらその職務を遂行しているの。認知症のおじいさんの記憶をたどるために、息子のふりをしたりする人もいたわ。後日、きちんとした謝罪と御礼があるだろうから、不安がらないで」

まだ直子は泣きやまなかった。それどころか、いっそう顔を赤くして泣きじゃくりだした。

「わたし……。なんで、こんなことを……してたのか……」

「いまは気にしないで。あなたがどんな人で、何に関わっていて、どういう経緯であの図面を持つことになったのか、それはいまは問題じゃないの。事件性のあることについては、防衛省と警視庁にまかせておけばいいわ。あなたの人権はきちんと守られてる。いまは、あなた自身が健康を取り戻すことが重要なのよ」

「人権……？　そんなの……もうないじゃない……」

ようすがおかしい、と廣瀬は思った。

美由紀も、直子の異変に気づいたらしい。表情を険しくしてきいた。「直子さん。どうかしたの？」

「……あの人、夫じゃなかったんでしょ？ でもわたし、そう信じこまされてた……。だから毎晩、一緒に過ごしたし……あの人……」

「まさか……」

「あの人、わたしと一緒に寝たのよ！ わたし、なにも思い出せなかったから、逆らえなかった……。あの人が夫だっていうから、だから、それで……」

またしても廣瀬は衝撃を禁じえなかった。

嵩原という男、この女性に手をだしたというのか。直子が彼を夫だと信じた、そこに乗じて己の欲望の捌《は》け口《ぐち》にしたのか。

大声をあげて泣く直子を、美由紀はじっと見つめていた。

美由紀は直子の身体を抱きしめた。硬い顔をしたまま、美由紀はつぶやいた。「もう泣かないで。わたしが味方よ」

それから美由紀は立ちあがると、つかつかと戸口に向かっていった。

廣瀬はあわててその前にまわりこんだ。「待ってくれ」

「そこをどいてくれませんか、警部補」

「いや、駄目だ。なにがどうなっているかきちんと説明してくれるまでは、ここを一歩も動かんぞ」

「なにを聞きたいんですか」

「すべてだよ。誰が真実を語っているか、さっぱりわからない。いまも奥さんの言葉を鵜《う》呑《の》みにしていいものか……」

冷ややかな目つきが、廣瀬をとらえる。心臓をも凍りつかせるような美由紀の視線。廣瀬は思わず、ぞっとして立ちすくんだ。

「それなら保証します」美由紀は静かに告げた。「彼女は、嘘をついてません」

また断言した。根拠もいっさい示すことなく、ただそう言い切った。

だがそれだけで、廣瀬はなにも言えなくなっている自分に気づいた。

自信に満ちた鋭い眼光。その気迫に押され、思わず後ずさる。

美由紀は廣瀬の脇を抜けて、歩を進め、部屋をでていった。

深く、長い自分のため息を廣瀬はきいた。

なぜだろう。彼女には逆らえない。この世のあらゆる真実をことごとく看破している、そんな気がする。

恐るべき瞳《ひとみ》

午後六時すぎ。蒼《あお》みがかった空はまだ、黄昏《たそがれ》をわずかに残している。

嵩原利行は日産プレジデントの後部座席におさまり、土浦駐屯地《ちゅうとんち》につづく国道一二五号沿いにひろがる霞ヶ浦《かすみがうら》を眺めていた。湖面は波打ち、きらきらと輝いている。じきに夜の闇が包み、湖も寝静まるだろう。この風景も過去のものになる。

そう。きょうもひとつの仕事を終えた。あの女も過去のものになった。

懐から図面を取りだすと、防衛省の印章が入った封筒にそれをおさめる。

この図面が国防上、どれだけの意味を持つものかはわからない。国の内外を問わず、軍事的に脅威となる書類やデータの流出は日常茶飯事だ。その内容に注目したところで、防衛政策局の調査課で働く嵩原の業績につながることはなにもない。分析は運用企画局の仕事だ。

俺としては、ただ与えられた職務をこなすだけだった。指示されたとおり、図面を取り戻した。それでいい。褒美は微々たるものだが、すでに受け取ってある。

思わず苦笑が漏れる。畔取直子、いい女だった。疑うことも知らず、文字どおり身を預けてくれた。

記憶が戻るのがもう少し遅れてくれれば、より堪能《たんのう》できたのに。身体の隅々まで味わいつくすことができなくて、残念だ。

報告書の作成が終わったら、土浦駅前のパチンコ店に舞い戻ってつづきをやろう。朝のほんの短い時間の息抜きだったが、連勝していた。ポケットにはまだ換金前の特殊景品がおさまっている。

経費を拝借しては麻雀《マージャン》やパチンコに興ずる。ばれたら一大事と知りながらも、やめられない。宮仕えにも気分転換は必要だ。それに、大臣クラスの横領や賄賂《わいろ》がなおも横行している現状では、このていどの金額など問題ではない。

クルマはゆっくりと停車した。

行く手に土浦駐屯地のゲートが見えている。第112地区警務隊土浦連絡班の隊員が、運転手の身分証を確認し、ゲートを開けようとしているところだ。

嵩原は以前、陸上自衛隊に籍を置いていたころ、この駐屯地にある武器学校に勤務していたことがある。危険の伴う不発弾処理の現場での指揮をおおせつかることが多く、憂鬱《ゆううつ》な日々を過ごした。基礎体力作りに余念のない日課を強要されたのもたまらなかった。あれこれ画策して内部部局勤めの官僚に昇格できたことは、まさしく喜ばしいことだった。肉体労働など、ノンキャリにやらせておけばいい。

隊員が後部座席の嵩原に敬礼した。クルマは、ゆっくりとゲートのなかに入っていった。

そのときだった。後方から地響きのようなエンジン音が轟《とどろ》いたかと思うと、オレンジいろに輝く車体がゲートを突破し、日産プレジデントを追い抜いていった。

ランボルギーニ・ガヤルドは、駐屯地の敷地内道路をふさぐように横になって停車した。

運転手がクラクションを鳴らす。だが、ガヤルドは道を空けようとはしない。

ドアが開き、ひとりの女が降り立った。

嵩原は驚いた。岬美由紀だ。

後部座席のドアを開け放って、嵩原は車外にでた。「いったいどうしたんだね」

岬美由紀は険しい表情をしたまま、つかつかとこちらに向かってきた。「嵩原さん。お伺いしたいことがあるんですけど」

「なんだね。私は忙しいんだ。きみもサインドが職務内容を説明できないのは知っていると思うが」

「わざわざ元自衛官だったわたしを呼んだのですから、概要ぐらいは明かしていただいてもいいでしょう。畔取直子さんは何者だったんです。どんな図面を持っていたんですか」

「彼女は、特に危険人物というわけではない。あの辺りの地主だったご両親に先立たれたあと、遺産を食い潰《つぶ》して暮らしているだけの女性だった。ところがある筋から、北朝鮮のテポドン2号を擁する地下軍事施設の図面を、なんの因果か彼女が持っているとの情報が入った」

「軍事施設？　というと咸鏡南道《ハムギョンナムド》のミサイル基地ですか」

「そうだ。その重要性の高さはわかるだろう」

「本物の図面だったんですか？」

「さてね、知らんよ。私としては図面の入手のみが仕事だ」

「お仕事以外のことにも手を染められたようですが」

「なんの話だね？」

「嵩原さん。単刀直入にうかがいますけど。直子さんと夜を共に過ごしましたか？」

射るような鋭い目つき。嵩原はぎくりとして、視線を逸《そ》らした。

「きみには関係ないことだ」と嵩原は踵《きびす》をかえそうとした。

ところが美由紀は素早くまわりこみ、進路を塞《ふさ》ぐようにして立った。「プライバシーの侵害を訴えることができるのは、本物の夫婦のみです。サインドはその緊急件の高さから身内を装うなどの工作を容認されていますけど、相手が記憶を失っているのをいいことに、身勝手な快楽のために利用することなど許可してはいないはずです」

「岬君だったね。私はべつに、そんなつもりがあったわけではない。彼女のほうが私を頼ってきたんだ」

「それが本当だったとしても、実際には結婚していないわけですから安易な行動は慎むべきです。しかしながらあなたの場合は、故意にそうなるように仕向けた。あなたは直子さんを弄《もてあそ》んだんです」

「きみ!」嵩原はこみあげる怒りを抑えられなくなった。「元自衛官ではあるだろうが、きみはもう民間人にすぎない。立ち入ったことを口にするのはやめたまえ。後悔することになるぞ」

「それはあなたですよ。あなたは防衛政策局の、いいえ、防衛省の面汚しにほかなりません。直子さんに謝罪して、責めを受けることですね。言い逃れをするつもりなら、容赦しません」

嵩原は、周囲の冷ややかな視線に気づいていた。ゲートの警備についている隊員、運転手。誰もがこちらを見つめている。

「人前で侮辱しておいて、ただで済むと思うなよ。岬……美由紀だったな。畔取直子になにを吹きこまれたか知らんが、私には身に覚えのないことだ。失礼する」

「いいえ」と美由紀の低い声が告げた。「たったいま、あなた自身がその行為をお認めになりました」

「なんだと？」

「身に覚えがないといった瞬間、上瞼《まぶた》が上がって、下瞼は緊張しました。同時に唇が水平方向に伸びました。この表情は後ろめたさと怯《おび》えの心理によって齎《もたら》されるものです。すなわち、秘めたる感情が露見することに対する恐れであり、発言内容は真実と食い違っていることを表します」

時間が静止したかのように感じられた。

鼓動が激しくなっていくのがわかる。思わず後ずさりたくなる。だが、この場に逃げ隠れできる場所などない。

なにを焦っているんだ。嵩原はみずからを叱咤《しった》した。たかが小娘のいうことだ。しらばっくれていればいい。

嵩原は笑いとばした。空虚な自分の笑い声をきいた。

「なにを言いだすかと思ったら。運転手に聞いてみるといい。私がそんな表情をしたか？」

「〇・二秒以下のことですから、たぶん運転手さんには観察できなかったでしょう」

思わずいっそう引きつった笑いを発しながら、嵩原はいった。「〇・二秒！　これまた常識外れなことを言いだすものだ」

「ちなみに、いまはおかしさなど微塵《みじん》も感じていませんね。焦燥感を覆い隠そうと、大仰な作り笑いでごまかしているだけです」

「なんでそんなことを……」

「眼輪筋が反応していません。眼輪筋は内と外との二重構造になってて、瞼とそのすぐ下の皮膚を収縮させる内側の筋肉は意図的に動かせても、眉《まゆ》と頰に表れる外側の筋肉については無意識にまかせるしかない。本気で笑っていれば反応がでるはずです」

「くだらない話もいい加減にしたまえ！」嵩原は怒鳴った。「それを見て取ったとでもいうのか？　きみは一秒以下のほんの小さな動きも見逃さない、昆虫のような目をしているとでもいうのかね。きみは自衛隊でどこの部署だった？　履歴を取り寄せて、きみの上官がどう評価していたかを詳しく調査……」

「百里《ひゃくり》基地、第七航空団第二〇四飛行隊。二等空尉でした」

嵩原は絶句した。

二〇四飛行隊……。

「すると……イーグルドライバー？」

「おっしゃるとおり、Ｆ15ＤＪの操縦桿《かん》を握ってました」

心臓が張り裂けそうになる。

たしかに航空自衛隊では女性パイロットの採用がつづいている。何年か前、若い女性自衛官がＦ15に乗ることになったと聞いた。

すると、この女が……。

「おわかりですか」岬美由紀は静かに告げた。「音速の二倍を超えて飛ぶ戦闘機を操縦していた人間にとっては、〇・一秒どころか〇・〇一秒の光景ですら、見落としの対象にはなりません。表情筋の変化から感情を正確に把握することは、臨床心理士として学びえた知識ですが、わたしの場合はそこに速さも加わったようです」

なんてことだ。

この女は、こちらの表情や眼の動きだけで感情を読みとってしまう。脳のなかを透かして見ているかのようだ。

まるで千里眼だ。いや、この女は……。

「そうか」嵩原はため息とともにつぶやいた。「幹部自衛官を辞職して、臨床医学関係に再就職した結果、千里眼と呼ばれるようになった女の噂を聞いたが……。きみのことだったか」

「いまのうちにお認めになったほうが賢明です」

「……知らんな。きみがどんな評判をとっていようが、それはきみの主観だ。きみがそう感じたというだけで、私を有罪にできるのか？　よく考えてみたまえ。証人尋問に呼ばれたとして、きみは裁判長になにを言うつもりだね？　表情がどうの、瞬きがどうのと解説するのか？　ナンセンスだ」

「防衛省の査問会議ではなく法廷を連想したんですね。あなたが法に抵触する行為に及んだと自覚しているからです。物証なんか、必要ありません。言葉を交わせば交わすほど、あなたの化けの皮は剝《は》げ落ちていくのですから」

岬美由紀の目は怪しい光を帯びていた。レーザーのように極細の光線を放ち、こちらの脳細胞をひと粒ずつ検証するかのように思えた。

嵩原は泥沼に嵌《はま》っていく自分を感じた。

なにも喋《しゃべ》ってはいけない。目すら合わせてはいけない。すべてが明るみに引きだされてしまう。この女のせいで、キャリアのすべてを失ってしまう……。

思いがそこに至ったとき、嵩原は身を翻して駆けだしていた。

建物に入ってしまえばいい。民間人の岬美由紀は追ってはこれない。

ところが、背後で美由紀の声がした。「待って！」

ちらと振り返ると、美由紀はすぐ近くにいた。全力で走り、追いつこうとしている。

逃げねば。嵩原は歯を食いしばり、がむしゃらに走った。もう周囲の目など構っている場合ではない。恐れるべきは、岬美由紀の目だけだ。

追跡

美由紀は土浦駐屯地《ちゅうとんち》の広大な敷地を、全力疾走していた。

嵩原という男との距離は、なかなか縮まらない。スーツを着ているが、ずっと内部部局に勤めていたわけではないだろう。それなりに身体を作っているようだ。この駐屯地にも詳しいらしい。武器学校の正面玄関に、まっすぐに突進していく。

辺りは薄暗く、迷彩服の隊員の姿を視認するのが困難になっていた。そこかしこに往来する隊員がいて、嵩原は何度もぶつかりそうになっている。そのたび、彼の歩は緩まざるをえない。

その隙を衝《つ》いて、美由紀は猛然と追いあげ、武器学校の玄関の短い階段に跳躍し、嵩原の前にまわりこんだ。

振り返ると、ちょうど嵩原がその階段を昇ろうとしていたところだった。嵩原は美由紀に気づくと、あわてたようすで後ずさり、隊員のひとりにぶつかった。

眉をひそめた隊員が、嵩原を見つめる。嵩原も隊員を見た。そしてその目が、腰のあたりに落ちる。

次の瞬間、嵩原がとった行動は、隊員の腰のホルスターから拳銃《けんじゅう》を引き抜くことだった。

「伏せて！」と美由紀は周囲に怒鳴った。

動揺が広がるなかで、嵩原はこちらに向けて発砲してきた。

美由紀は背を低くして転がり、玄関のなかに滑りこんで身を潜めた。

発砲は八発、そしてやんだ。弾を撃ちつくしたらしい。

「侵入者だ」嵩原の怒鳴る声がきこえる。「あの女を捕らえろ！」

外を覗《のぞ》くと、グラウンドを逃げていく嵩原の姿があった。

隊員たちは戸惑ったようすだったが、美由紀に目をとめると、歩を早めて近づいてきた。

美由紀は助走をつけて飛びだし、階段の上からジャンプした。接近する隊員たちを飛び越し、着地して転がると、すぐさま起きあがって走りだした。

行く手には迷彩柄の特殊車両が連なっている。嵩原は87式自走高射砲に飛び乗った。

常識では考えられない行動だ。だが、こちらが無断侵入している以上、あとでなんとでも言い訳できると考えているのだろう。撃ち殺してしまえば、テロリストだと思ったと証言することで、彼の行いのすべてを闇に葬ることができる。

自衛隊ではガンタンクという非公式名称で知られているその車両は、74式戦車をベースにして三十五ミリ機関砲を二門備えた対空用の兵器だ。それでも、機関砲は水平射撃が可能なはずだった。まさか撃つとは思えないが……。

砲塔の上部に嵩原が乗りこんだとたん、キャタピラが作動し、車両は前進し始めた。やはり嵩原は、兵器類の扱いについてひと通り習得しているらしい。

機関砲がこちらを狙いすました。その直後、砲口が火を噴いた。

耳をつんざく轟音《ごうおん》とともに、風を切る甲高い音が急速に接近してくる。美由紀は横方向に飛び、地面に転がり、なおも回転しつづけた。

その美由紀を爆発に似た着弾がしきりに追う。グラウンドに火柱と噴煙があがり、弾幕が張られる。美由紀は全力で走り、機関砲の掃射から逃げまわった。

訓練用の防空壕《ぼうくうごう》に滑りこんで、身を潜める。掃射はなおもしばらくつづいた。が、ふいに途絶えた。

美由紀はそろそろと顔をのぞかせた。とたんにまた掃射を受け、壕のなかに隠れる。

静寂のなか、地鳴りがする。かすかにキャタピラの音が聞こえた。

地上に目を向けると、嵩原の乗った自走高射砲が遠ざかっていくのが見えた。武器学校の向こうに消えていく。武器教導隊の車両倉庫まで乗っていくつもりなのだろう。

そうはさせない。美由紀は壕から飛びだし、武器学校に走りだした。

武器学校の開いている窓から飛びこみ、教室を駆け抜けた。どよめきがあがる。授業がおこなわれている最中で、室内には大勢の隊員や学生がいた。美由紀は机の上を飛び移りながら廊下側まで達すると、すりガラスに肩からぶつかっていった。

ガラスが砕け散り、美由紀は廊下の床に転がった。破片であちこち切ったらしい、痺《しび》れるような痛みがある。

それでも、自分の身を案じている場合ではなかった。立ちあがってサッシ窓を開け放ち、校舎の裏手に飛びだす。

車両倉庫は近くにあった。嵩原もこちらにくるはずだ。

美由紀は辺りを見まわし、重装輪装甲車用の牽引《けんいん》車に目をとめた。後部では牽引する装甲車両の接続作業がおこなわれていて、エンジンもかかっている。

さいわいだ。美由紀は牽引車に駆け寄り、運転席に飛び乗った。

ギアを入れ替え、クラッチをつなぎながらアクセルを踏む。大きな縦揺れとともに、牽引車は走りだした。

後方では、隊員たちがあわてて追ってくる。無人で走りだしたと思ったのだろう。彼らにとっては不幸なことに、事態はそれ以上に悪化する可能性がある。

前方に自走高射砲が見えた。校舎を迂回《うかい》して、こちらに向かってくる。砲塔から嵩原の顔が覗いている。こちらを見て、あんぐりと口を開けたのがわかった。

美由紀は牽引車の速度をあげ、突進する体勢に入った。

自走高射砲の機関砲が、また水平方向に向けられる。掃射が始まった。

牽引車のフロントガラスが砕け散り、強烈な風が吹きこんできた。美由紀はステアリングを大きく切って牽引車を自走高射砲の側面に逃がし、そこからまた逆にまわって自走高射砲に体当たりしていった。

自走高射砲に側面から衝突した瞬間、牽引車の運転席は潰《つぶ》れて空間を失った。美由紀はその寸前にドアを開けて外に飛び降りた。自走高射砲は横転し、校舎に屋根を打ちつけるようにして静止した。

全身の痛みをこらえながら立ちあがり、美由紀は自走高射砲に駆けていった。

嵩原は、砲塔から放りだされるようにして地面に横たわっていた。唇を切ったらしく、口もとに血がにじんでいる。スーツもあちこちが擦り切れていた。

痛そうに顔をしかめていた嵩原だったが、美由紀が接近すると、すぐさま起きあがって反撃に転じてきた。腰を低くして身構え、飛びかかってくる。

だが美由紀にとっては、そんな攻撃など脅威にならなかった。美由紀は防衛大の部活で習得した少林寺拳法《けんぽう》の鋼法を使い、嵩原の拳《こぶし》の突きを受け流して交わすと、横蹴《げ》りを高く放って嵩原の顔面を蹴り飛ばした。

ゴンと音をたてて自走高射砲の車体に頭を打ちつけた嵩原は、力尽きたようにその場にずるずると崩れ落ちていった。

息を弾ませながら、美由紀はその嵩原の襟首をつかみ、満身の力をこめて引き立てた。自衛隊の駐屯地にいたのでは、嵩原に分がある。いま問題にしているのは彼の職務上の資質ではない、人間としての是非だ。それを問うには、一般社会に連れだすべきだろう。

美由紀は嵩原を引きずっていくと、近くに停めてあったジープの助手席に投げこんだ。運転席に乗りこみ、美由紀はジープを発進させた。

さすがに周囲があわただしくなっている。車両で行く手をふさいで制止しようとする動きもある。美由紀はステアリングを切ってそれを躱《かわ》し、立ちふさがる隊員らの隙間を縫うようにして、ゲートめざして走った。

ゲートの手前にガヤルドが乗り捨ててある。そこに横付けしてジープを停め、嵩原を蹴り飛ばして地面に落とした。美由紀はジープ車両をまわりこみ、今度はガヤルドの助手席に嵩原を乗せた。

警笛とサイレンが鳴り響く。警務隊が続々と集結しつつある。

美由紀はガヤルドの運転席に乗りこむと、エンジンを吹かしてゲートに突進した。ゲートは隊員らによって固められていたが、ガヤルドが速度を緩めず接近すると、全員が脇に飛び退いた。

遮断機を跳ね飛ばし、ガヤルドは国道一二五号に飛びだした。

暴走

廣瀬正司警部補は、覆面パトカーを道端に寄せて停めた。

夜の国道一二五号線、クルマは途切れることなく往来している。トラックが多く、ほとんどが飛ばしている。

だが、いまは事情が違った。本来ならこんなところに停車すべきではないだろう。

助手席の畔取直子に目をやった。左手に延々とつづく塀の向こうは、土浦駐屯地《ちゅうとんち》だ。

直子はうつむいて、ハンカチで涙を拭《ぬぐ》っている。家をでてからずっとそうしていた。

「だいじょうぶかね」と廣瀬は声をかけた。

「ええ……」直子がつぶやいた。

「なあ。あなたが望んだから、ここに連れてきたんだが……。出直したほうがいいんじゃないか？　あの防衛省の人に事情を聞くといっても、駐屯地には入れないだろうし……」

しばしの沈黙のあと、直子が小声でいった。「お巡りさんは、力を貸してくれないんですか」

「そりゃ、逮捕状でも出れば別だけどね」

気まずさの漂う静寂が車内に降りてきた。

直子がなにを訴えたがっているのかはわかる。ようやく、少しずつ冷静さを取り戻して、嵩原利行という男に抗議したいと感じだしたのだろう。記憶もそれだけ回復しつつあるに違いない。

夫を装って好き勝手をした嵩原に腹を立てる気持ちはわからなくはない。だが、そもそも直子も防衛省に目をつけられるような図面を手にしていたのだ。しかも、正体不明の連中に追われていた。怪しい生活に身を委《ゆだ》ねていたからこそ招いた災難ではないのか。

とはいえ、直子は凶悪犯には見えなかった。ごく一般の、どこにでもいる若い女性でしかない。それゆえに、一連の出来事にショックを受けているのだろう。

なぜ彼女はこんなことに巻きこまれてしまったのだろう。

ため息をついたそのとき、いきなり前方でなにかが衝突する音がした。

ゲートを突き破って、オレンジいろの車体が飛びだしてきた。

ガヤルドだ。国道の流れを縫うようにして対向車線に入り、そこから逆方向に走りだした。

脇を通り過ぎる寸前、運転席がちらと見えた。たしかに彼女のクルマだ。岬美由紀が乗っていた。

と、後方でガヤルドはいきなり急停車した。それからUターンに入り、フロントをこすりながら中央分離帯に乗りあげると、こちらに向かって走ってきた。

一瞬で俺たちに気づいたのか。廣瀬は啞然《あぜん》としながら、ミラーのなかでどんどん大きくなっていくガヤルドを見つめた。

美由紀のガヤルドは、廣瀬の覆面パトカーの横にぴたりと停車した。ドアが開き、美由紀が降り立った。

国道の上だというのに、これでは二重駐車になる。廣瀬は困り果ててドアを開け、外にでた。

なにがあったというのか、美由紀の服は泥だらけで、頰をすりむき、血がにじんでいた。

美由紀は助手席のドアを開け、なかにいた男を乱暴にひきずりだした。

路上に放りだされたその男を見たとき、廣瀬は息を吞《の》んだ。

嵩原利行だ。美由紀以上にぼろぼろになった服、顔は痣《あざ》だらけで、苦痛に歪《ゆが》んだ顔は失神寸前に見えた。

思わず覆面パトカーを振りかえると、直子は車外に出ていた。駆け寄ってきて、衝撃を受けたようすで立ちつくした。

美由紀は嵩原の胸ぐらをつかみ、直子の前まで引っ張ってくると、押し殺したような声でいった。「ほら、あなたが迷惑をかけた人。謝ったらどう？」

だが、嵩原はほとんど息も絶えだえという状況だった。荒く呼吸を繰り返しながら、呆《ぼう》然《ぜん》と直子を見あげるばかりだった。

そのとき、美由紀の顔に怒りのいろが浮かんだ。

「謝れって言ってるの！」と美由紀は怒鳴った。

「ご……」嵩原は怯《おび》えたように目を瞬《しばた》かせながら、震える声で告げた。「ごめんなさい……。ほんとに、申し訳ない……」

廣瀬は、直子に目を向けた。

直子はじっと嵩原を見つめていた。

その瞳《ひとみ》が潤みだす。声をあげて泣いたりはしなかった。ただ大粒の涙が頬をつたっていた。

こんなかたちで、裁きが下されることがあるなんて……。

いや。これを裁きと認めるわけにはいかない。状況から察するに、これは略取誘拐《ゆうかい》と脅迫罪にほかならないだろう。

美由紀の腕に手錠をかけるべきだろうか。

だが、美由紀はそんな廣瀬の迷いなど意に介さないようすで、しゃがみこんで嵩原の懐を探りだした。

「おい」廣瀬はきいた。「なにをしてるんだ？」

「こういう男は、ほかにも余罪があるとみるべきです。再犯阻止のためにもすべての犯罪を暴かなきゃ」

「よせ。この男が何人の女性に手をだしたのかはわからんが、きみに捜査権があるわけじゃないだろう。こうやって半殺しにして、被害女性の前に連れてっては謝らせるつもりか？　きみは仕置き人にでもなったつもりか」

そのとき、美由紀の顔があがった。

睨《にら》みつけるその目は、廣瀬がかつて見たことのない鋭さを宿していた。

そして、どこか物悲しかった。

抗議する視線であることはあきらかだった。しかし美由紀は、なにもいわなかった。また嵩原に視線を戻し、ポケットのなかをあさりだした。

廣瀬はなにも言えなくなっている自分に気づいた。

なぜだろう。いま岬美由紀がこういう行為に及んでいることを、まったく否定できない。

なぜそんなふうに思うのだろう。これはれっきとした犯罪なのに。

あの目だ。ついいましがた廣瀬を見つめたあの目。そこに理由のすべてがある。どんな意味を持つのか、まだわからないが……。

美由紀の手がポケットからなにかをつかみだした。封筒だった。美由紀は中身をあらためたが、どうやら直子が持っていた図面らしい。

ほかには、携帯電話。それに、呆《あき》れたことにパチンコの特殊景品も何枚かあった。プラスチックケースに入ったライターの石で、景品交換所で換金してもらえるしろものだった。

所持していた物は、それですべてのようだった。直子以外の女性に性犯罪を働いた証拠となりそうな物は、どこにもない。

遠くでサイレンの音が湧きだした。ゲートから、青いランプを明滅させた車両がでてくるのが見える。

駐屯地の警務隊らしい。警察にも通報がいっているだろう。間もなく、パトカーも駆けつけるにちがいない。

立ちあがった美由紀は、嵩原利行の所持品をまとめてポケットにねじこんで、ガヤルドに戻ろうとした。

「待つんだ」廣瀬はいった。「どこへ行くつもりなんだね。しかも、こいつの持ち物まで……。窃盗になるぞ」

だが、美由紀はガヤルドのドアを開けながらいった。「かまいません。どうせ警察は圧力で動けないでしょう。手をこまねいて待つくらいなら、線を越えたほうがましよ」

運転席に乗りこんだ美由紀は、ガヤルドを急発進させた。巧みにトラックの死角に隠れて、対向車線の警務隊の車両を躱《かわ》すと、みるみるうちに遠ざかっていった。

泣きながらたたずむ畔取直子、瀕死《ひんし》の状態で路上に横たわった嵩原利行、そして廣瀬。本来は無関係なはずの三人が、奇妙な成り行きでその場に取り残された。

廣瀬はなおも呆然とせざるをえなかった。

岬美由紀は少なくとも、直子に記憶を取り戻させるまでは冷静だった。なぜ急に義憤に駆られたのだろう。どうして歯止めがきかなくなったのか。

火種

舎利弗《しゃり》浩輔《ほっこうすけ》は、三十代後半にして自分が臨床心理士としては落ちこぼれの部類に入ることを自覚していた。

小太りで髭《ひげ》づら、スーツをだらしなく着ていることから、他人もきっと舎利弗をそのように見ているだろう。ただし、最初からこうだったわけではない。資格審査の面接試験を受けにいったころは、もっと痩《や》せていて、髭もきれいに剃《そ》っていて、スーツも卸したてだった。

いつからこうなったのか。たぶん、本郷の臨床心理士会事務局でひとり留守を預かり、電話番に勤《いそ》しむようになってからだろう。そうなったのも理由がある。カウンセラーという職に就きながら、自分が人嫌いだということに気づいた。人見知りする。初対面の人とは、うまく会話できない。だからつきあえない。

それでも孤独を愛する舎利弗にとっては、がらんとした事務局で一日を過ごすことは快適にちがいなかった。好きなDVDも観れるし、読書もできる。

ただし、今夜はそのような恩恵にあずかることはできなかった。夕方以降、続々と客が押し寄せたからだ。

待合室の長椅子は、警視庁から来た私服警官にほぼ占拠されていた。対応に追われる事務員のほか、通常業務のために出入りする臨床心理士も多く、休日を前にした空港のロビーのようだった。

舎利弗もなにか手伝えることはないかとうろつきまわったが、誰からも声がかからなかった。

やはり自分は用なしなのだろう。舎利弗はオフィスに引き籠《こも》ろうとした。

そのとき、背後から男の声が呼びかけた。「舎利弗先生」

振り返ると、舎利弗とは対照的な、臨床心理士の鑑ともいうべき人物が立っていた。

年齢は三十すぎ、細い身体にぴったり合ったスーツを着こなし、ネクタイに歪《ゆが》みひとつなかった。軽くウェーブのかかった長めの髪、ほっそりとした面長の顔には涼しい目、少し丸みを帯びてはいるが高い鼻、りりしい口もと。男性ファッションモデルのような爽《さわ》やかさと、大学教授のごとき知性を兼ね備えてみえるその外見。

「ああ」と舎利弗はいった。「嵯峨《さが》先生。なにか?」

臨床心理士としては後輩にあたる嵯峨敏也《としや》は、礼儀正しく会釈をした。「岬美由紀さんのことを聞いたので、事務局に戻ってきたんです。ずいぶん賑《にぎ》やかですね」

「そう、いつものことだけどね。美由紀が騒ぎを起こすと、すぐ警察やら官庁から人が押し寄せてくる」

「ええ。知ってる顔も何人かいますよ。ただ、そのう……今回はちょっと事情が違うんでしょう？　容疑者だとか……」

舎利弗はため息とともにうなずいた。「これまでのように捜査に力を貸したというわけではなさそうでね。自衛隊の駐屯地《ちゅうとんち》への不法侵入はいつものことだけど、その後は傍若無人な振る舞いで器物損壊やら拉致《らち》やら、秒刻みで次々と刑法に抵触する行為に及んだらしくてね」

「ぶちきれたわけだ」嵯峨はあっさりといった。「美由紀さんらしいね」

「そんな悠長な。僕も彼女の大胆さや行動力には敬服してたけど、今度ばかりは度が過ぎるよ。行動に正当性がないんだ。防衛省の依頼に協力しておきながら、それをぶち壊して、肝心の図面とやらも持ち去ってしまったんだからね」

「でも、被害女性のためを思っての行為という見方もできますけど」

「畔取直子さんって人の素性だとか、過去についてもまだあきらかじゃないのに、そこまで肩入れする必要があるのかな？　たとえそのう、夫を装った防衛省の人間が……ああいうことを強要したっていうだけで……」

「舎利弗先生。そこなんですけど……。美由紀さんが突発的に暴力的な行為に及ぶとき、状況に一定の傾向があるとは思いませんか？」

「傾向？　まあ、弱者が権力側に抑圧を受けている場合に、その人を救おうとするのは理解できるけど……」

「もっと細分化された傾向です。たとえば、氏神高校事件での彼女はわりと冷静だった。機動隊に対し自衛隊のアパッチを奪取して威嚇《いかく》射撃したとはいえ、当時は警察組織自体が心神を喪失し行き過ぎた弾圧に及んでいたわけですしね」

「たしかに。精神科医の笹塚による旅客機爆破や、冠摩《カンマ》ウィルスの被害拡大を防いだときにも冷静のきわみだった。でもなんらかのきっかけで、突然のように幹部自衛官だったころの血が騒ぎだして、たびたび暴走が始まっちゃうんだ。まあ、災害の規模が大きくなればなるほど、手段を選んでいられなくなるのはわかるけどね」

「じゃあ、水落香苗《みずおちかなえ》さんの件はどう思いますか？」

「ああ、あのＰＴＳＤに苦しんでいると訴えてきた……」

「香苗さんは父親から暴行を受けたと悩んでいた。美由紀さんは真剣に彼女の悩みと向き合おうとしたわけですが、その後防衛省がまとめた報告書を読むと、同じ時期に日本はミサイル攻撃の危機に晒《さら》されていて、しかも美由紀さんはそのことを知っていた」

「そうだな……。ファントム・クォーター事件ではもっと防衛省に協力姿勢をしめさねばならなかったのに、捨て置いて水落香苗のことにばかり執着していた」

「この国が自治機能を失って混乱状態に陥ったら、香苗さんの精神的な疾患を取り除こうと、父親との不和を解消させようと、なんの意味もなくなるわけです。美由紀さんはどうしてそのことを無視したんでしょう」

「さあねぇ……。嵯峨先生はどう思ってる？」

「美由紀さんは思いがそこに及ばなかったんじゃないでしょうか。香苗さんの件で頭がいっぱいになって、防衛省からの依頼は疎《おろそ》かになった」

「まさか。彼女はそんな不注意はしでかさないよ」

「そうでもありません。僕が美由紀さんと初めて会ったころのことですが、彼女は須田知美《すだとも み》という少女を一方的にかばい、ためらわず国家を敵にまわす道を選びました。須田知美が、沖縄の在日米軍の兵士らに暴行を受けたと知った瞬間、揺るぎない決意を下したんです」

「男性による女性への性的暴行……それが共通点だと？」

「舎利弗先生はミッドタウンタワー事件については詳しいんでしょう？　あのときも似たことがあったはずです」

「たしかに美由紀が国家の重要機密を賭博《とばく》の担保に差しだそうとしたのは、高遠由愛香《たかとおゆめか》さんが中国人たちに暴行されそうになったときだと聞いてるけど……」

「そうですよ」嵯峨はうなずいた。「美由紀さんにとっては、性的暴行はあまりに衝撃的な事態であり、国家の危機にさえ注意を払えなくなる。これは冷静とはいえないでしょう。パニック発作などの不安障害を起こしているようには見えませんが、唐突に理性を失ってモラルやルールを一切無視し、暴走に至る。解離性障害に近い症状にも思えますが……」

「そんな馬鹿な！　美由紀が多重人格障害だとでもいうのかい？」

「そうではありません。解離性同一性障害ではなく、DSMの定義する特定不能の解離性障害というものです。人格が完全に分離しているというわけではなく、第二の人格が支配的になることもないんですが、現実感を喪失し、解離性トランス状態に陥る。理性を欠き、放浪や、自制を欠如した行為に及ぶ」

「次は反社会性人格障害につながるとでも？」

「良心が欠如することはないのですから、反社会性人格障害ではありません。でも彼女は、解離状態に陥ると自分にとっての正義を貫くことが最優先となり、社会に混乱をもたらすことに躊躇《ちゅうちょ》しない」

舎利弗はしばし考えた。嵯峨のいっていることは、あるていど筋道が通っているようにも思える。いや、臨床心理士としては妥当な分析だろう。

とはいえ、すべて納得できるわけではない。

「ありえないよ」舎利弗は首を横に振ってみせた。「嵯峨先生は忙しい人だから彼女と会うことも少ないだろうけど、僕はここの留守番をしているからしょっちゅう顔をあわせていてね。彼女の仕事ぶりもよく知ってる。先日も二十代の男女による性的暴行や家庭内暴力について担当していたし、暴行まがいのセクハラ事件に関し裁判所に赴いて被告の精神分析もおこなっている。いずれのケースでも美由紀は落ち着いていたし、加害者に牙《きば》を剝《む》いたりやりこめたりはしなかった」

嵯峨は真顔でいった。「より狭い条件が存在するのかも……。性的暴行だけでなく、それに加えてなんらかの要因がみとめられた場合に、美由紀さんのなかで解離が生じる」

「しかし……そもそも解離性障害の原因になることといえば……」

幼少のころの虐待。それしか考えられないが……。

「嵯峨先生は、美由紀の子供のころについてなにか知ってることは?」

「本人の口からは聞いたことがありません。彼女の略歴は臨床心理士会の資料に書いてあったし、防衛省のほうにも同様の記録が残ってる。父親は会社員で母親は専業主婦、ごくありきたりの家庭に育ったようです。虐待があったという話は耳にしたことがないし、事実、なかったんでしょう。ただ……」

「なんだい？」

「出生地が記録によって異なってるんです。神奈川県藤沢市生まれと、三重県津市生まれというふたつの履歴が存在してる」

「三重県ってのは初耳だな……」

「防衛大と幹部候補生学校、航空自衛隊、日本臨床心理士会と資格認定協会、東京晴海医科大付属病院、東京カウンセリングセンターと、美由紀さんが籍を置いたあらゆる職場や学校の履歴で、その大部分が神奈川になってるけど、稀《まれ》に三重が交じってる」

「戸籍ではどうなってるんだろう？」

「さあ、そこまでは……」

なるほど、腑《ふ》に落ちない話だ。舎利弗はそう思った。

美由紀は過去を語りたがらない。とりわけ子供のころの話となると皆無に等しい。故意に口を閉ざしていたのか。

あるいは、忘れてしまっているのだろうか。抑圧されたトラウマなどというフロイトの論理は、近頃の臨床心理学では眉唾《まゆつば》ものとされている。だが、別の原因の健忘が生じていたとしたら……。

待合室の椅子から立ちあがった男が、こちらに歩いてきた。四十代半ば、鳥の巣のような頭に鋭い目つきをしたスーツ姿の男だった。

「嵯峨」と男はいった。「ちょっといいか」

「どうぞ」嵯峨は舎利弗を指し示した。「ああ、こちらは先輩の舎利弗先生です。美由紀さんに表情筋の読み方を手ほどきした人でもあります」

「ほう」男は舎利弗をじっと見つめてきた。「するとあなたも、他人の感情を読み取ったりするんですか」

「いえ……僕の場合は、あまりそういうことは……。人と話すのは苦手で……」

嵯峨は苦笑しながら舎利弗に告げた。「そんなに硬くならないでください。見た目は怖いけど、蒲生《がもう》警部補はいい人ですよ」

「捜査一課の蒲生誠《まこと》です、よろしく」そっけなくいって、蒲生は書類を取りだした。「茨城県警に出向してる捜査員から連絡が入った。畔取直子さんはしだいに記憶を取り戻しているようだ。彼女はまるっきりシロで、親の遺産で何不自由ない暮らしをしていたが、ふとしたきっかけであの図面を所持してしまったらしいな」

「どんなきっかけですか」と嵯峨がきいた。

「まだわからん。何者かが彼女をさも怪しい人間に仕立てようとしたことはあきらかだな。というより、彼女のほうも積極的に芝居に協力したふしがある。まだ断片的な記憶でしかないが、五浦海岸での追跡劇はやらせのようだ」

「ますます奇妙ですね」

「まったくだよ。何のためにそんなことをしたんだろうな。まあそれは、直子さんが完治すれば白日のもとに晒されるだろう。問題は美由紀のことなんだが……」

「どこにいるのかわかりましたか?」

蒲生は苦い顔で首を横に振った。「緊急配備網にも引っかからない。並みの女じゃないからな。監視の目をかいくぐるのはお手のものだろう」

「そうすると、いまや美由紀さんは国家のお尋ね者ってことに……」

「ああ。防衛省も絡んでいるから指名手配は免れているが、このままいくとそれも時間の問題かもしれんな」

嵯峨が困惑した目を向けてきた。舎利弗も、黙って見返すしかなかった。

彼女の友人、雪村藍からはしきりに電話が入っている。美由紀のカウンセリングを受けることになっているらしい。美由紀が藍からの頼みに対し、安請け合いするとは考えにくい。美由紀は、逃亡者になるつもりなどなかったのだ。嵯峨の言うとおり、突発的に、後先も考えず行動し、孤立を招いてしまったのだろう。

美由紀の身になにが起きているのだろう。たびたび彼女を暴走させる火種は、心のどこに潜んでいるのだろうか。

犠牲者

夜の世田谷から田園調布近辺を、縦横にパトカーが走りまわっている。遠方からでも、住宅地を右往左往する赤いパトランプが見える。

多摩川沿いのサイクリングロードにたたずんで、美由紀は思った。もう警視庁に手がまわっている。ガヤルドは逃走経路とは逆方向のひたちなか市方面に乗り捨ててきたが、さほど時間稼ぎにはつながらなかったようだ。

おそらく美由紀が茨城を抜けだしたことは警察も把握済みで、首都圏全域に緊急配備網を拡大したのだろう。面子《メンツ》にこだわる防衛省が躍起になって、警視庁に早期逮捕を依頼したに違いなかった。

美由紀はなにも感じなかった。いま捕まるつもりはないし、その可能性もない。わたしは、わたしの手で真実を追求する。この道を選んだことに後悔はない。

斜面を駆け降りて、河川敷に向かった。ひとけのないグラウンドを囲む並木のなかに身を潜める。

　都内でも多摩川付近は、橋が少ないせいでパトカーの行き来も限定される。とりあえずここにいれば安心だろう。

　嵩原利行からせしめた封筒を取りだす。なかの紙片をひっぱりだして広げた。暗くてよくわからない。携帯電話の液晶のバックライトで照らす。

　たしかに咸鏡南道のミサイル基地らしき図面だ。文字はハングルだし、テポドン2号とおぼしきミサイルの格納庫や発射管、フェーズドアレイ式レーダー装置も描かれている。

　しかし……。

　ため息が漏れる。こんな物を防衛省が追いまわしていたなんて。

　美由紀は携帯の電話帳データから、古巣の人間を探した。五十音順で、すぐに目につく名前があった。

　伊吹直哉《いぶきなおや》。その表示をしばし見つめる。

　電話をかけるのはためらわれる。どうしてだろう。話したくないからか。それとも彼を、巻きこみたくないからか。

　かまわない。わたしは防衛省に言伝《ことづて》を頼める人間を探しているだけだ。美由紀は通話ボタンを押した。

呼びだし音のあと、低い男の声が応じた。「はい」

「伊吹先輩？　いま話せる？」

「おい、美由紀か!?　どうしたってんだ。百里基地のお偉方も、おまえの話で持ちきりだぞ」

「そこブリーフィングルーム？　周りに人は？」

「いや。待機室だ。いまアラート待機中だが、相棒は装備品の交換に行ってる」

「三〇五飛行隊はあいかわらずのんびりしてるのね」

「余裕があるんだよ。精鋭揃いだからな」

「ミサイルでも飛んできてスクランブル発進の命が下ったら、イーグルで出撃ってところだろうけど、今晩はそんな心配はないって偉い人に伝えておいて」

「どういうことだ」

「防衛政策局調査課がサインドして追ってた図面があるんだけど、真っ赤な偽物よ。それもまるっきり想像で描いたものね。北米航空宇宙防衛司令部《NORAD》の基地図面をアレンジして、イラストレイターがそれらしく仕上げたものだわ。しかもこれ、色校のコピーね」

「色校？」

「カラー印刷する前に、チェックのために製版フィルムのデータを出力したものよ。要するに、どこかのゴシップ雑誌のグラビアページね」

「ああ、その手の雑誌はよく見かけるな。これが北朝鮮ミサイル基地の全貌《ぜんぼう》だ、とか。俺らからすれば失笑もんだが」

「機密情報にはほど遠いわね」

「なあ、美由紀……。どうしてその図面を持ち去ったりしたんだ？」

「真実はさっさと暴かないと、被害者の女性がいつまでも苦悩を引きずることになる。理由はそれだけよ」

「なら、もう出てきて事情を説明すればいいだろ」

「防衛省や警視庁にまかせてはおけない」

「美由紀。おまえ、法治国家に住んでるってわかってる？」

「当然でしょ」

「犯罪者になるつもりかよ」

「直子さんを少しでも早く安心させられるのなら、それも悪くないわね」

「どうしてそんなふうに強がるんだよ。昔のおまえに戻っちまったのか？」

「昔って？」

「いや……まあいいけどさ」伊吹は声をひそめた。「居場所を教えてくれ。俺ひとりで会いにいくよ」

「アラート待機中でしょ。国防の義務を放りだしてもいいの？」

「おまえを自由にさせとくほうがよほど国家の危機だよ。とにかく、ひとりでいるよりは安全だろ」

「わたしを助ける気なの？」

「まあな」

「どうして？」

「そりゃ……おまえのことを、そのう……気にかけてるからさ……」

「……心配してくれてありがとう。でも大丈夫だから。じゃ」

美由紀は電話を切った。

抑えていた感情が溢《あふ》れだしそうになり、深呼吸して平静を保つべく努力する。

昔つきあっていた男と話すことが、これほど困難だとは思わなかった。胸を締めつけられるような苦痛が伴う。

わたしはいま孤独だ。そのことを認識せざるをえなかった。

しばし目を閉じて、心が落ち着くのを待つ。

仕方がなかったことだ。わたしは決して、彼を頼ろうなんて思ってやしない。わたしは、独りでも平気だ。独りでも……。

思わず涙がこぼれそうになる。頭を振ってその思いを払いのけ、嵩原利行の携帯電話に手を伸ばした。

問い詰められても悪びれることさえなかったあの態度から察するに、畔取直子のほかにも、大勢の女性を泣かせているにちがいない。許せない話だった。すべてを断罪するまで、追及の手を緩めるべきではない。

だが美由紀の予想に反し、電話帳データにはなにも記録されていなかった。それらしきメールの送受信もない。

となると、あとはネットだろうか。インターネットに接続して、フルブラウザ機能で表示する。ブックマークされているURLを選択した。

すると、怪しいサイトがあらわれた。〝新・出会いの館〟とある。

説明文によると、男性会員は登録女性の写真とプロフィールのなかから気に入ったものを選び、本部に問い合わせれば、その女性の住所が返信されてくるのだという。

嵩原は会員になっているらしく、女性のリストが閲覧できた。何人か選んで表示してみると、克明に映った顔写真とともに年齢、趣味、勤務先、通勤に用いる電車まで、個人情報が詳細に記載されている。

これらの女性は全員、本人の意思で登録しているのだろうか。ありえないと美由紀は思った。人数が多すぎる。表示によれば女性の登録数は二万人を超えていた。男性にのみ選択権があり、女性にその自由はないというのも、公平さに欠ける。

ふと気になり、五十音のヤ行を選んだ。

ユで始まる名前のリストに目を通す。やがて、美由紀は衝撃を受けた。

雪村藍。本名で登録がある。

選択すると、藍の写真があらわれた。駅にいるところを隠し撮りされたようだ。趣味の欄には、好きなアーティストとしてセブン・エレメンツの名があり、お気に入りのファッションブランドとしてアルバローザとセシルマクビー、サイズはSとあった。飼いたい猫はロシアンブルー、近いうちに行きたいところは箱根の温泉……。

間違いない。藍のもとに現れたストーカーたちは、このサイトの会員だ。

だが、どうしてここまで個人情報を調べられるのだろう。友人のわたしにさえ伝えていなかったことまで、どうやって……。

ここで考えあぐねていても、結論は出そうになかった。美由紀は立ちあがり、歩きだした。

現状で藍のもとを訪ねるのは危険きわまりない。だが、ためらう気など起きない。わたしは彼女を救う。この手の男たちの餌食《えじき》になるのを、黙って見過ごせるはずがない。

後悔しない

美由紀は、藍が住んでいる原宿近辺の盲点を知っていた。駅前には派出所があるものの、新宿や渋谷と違い夜の街ではないことから、警官の数が少ない。そして、住宅街はほとんどが二階建てに制限されていながら、建蔽率《けんぺいりつ》が高く設定されているために家と家の隙間が狭い。

すなわち、屋根を渡っていけば地上以外に道があるも同然だった。

アメリカでは逃亡犯の追跡にヘリが駆りだされ、屋根や裏路地もサーチライトで隈《くま》なく調べられるが、日本にその風潮はない。夜九時をまわった現在、警視庁のヘリはこの地域を低空で飛ぶことを許可されていない。

住人に気づかれないよう、家のなかに足音が響かない場所を選びながら、美由紀は屋根から屋根へと飛び移りながら藍のアパートを目指した。鉄筋コンクリートの建物を優先し、木造の場合は軒太を足場に選び、素早く駆け抜けた。

アパートのすぐ隣の民家の屋根まで来た。二階の藍の部屋には明かりが灯《とも》っているが、アパート前の路地に見張りの人影や車両は見当たらない。警察の手はまわっていないようだった。

跳躍して、二階のバルコニーの外側につかまった。藍の部屋のバルコニーまで横移動してから、静かに手すりを乗り越える。

カーテンは閉じているが、サッシの錠が外れているのを見てとった。

万が一に待ち伏せがいても対応できるように、一気にサッシを開け放った。

カーテンの向こうで、藍の悲鳴がした。ほかに、もうひとり誰かいるらしい。こちらに歩いてきて、カーテンを開けた。

嵯峨が面食らった顔で美由紀を見つめた。「美由紀さん⁉」

美由紀は室内に目をやった。座っていた藍が、驚いたようすで立ちあがる。

「ふたりだけ?」と美由紀は油断なくきいた。

「ええ」と藍が戸惑いがちにうなずいた。

「そう。よかった」美由紀はスニーカーを脱ぐと、室内に歩を進めた。

「信用するのかい?」嵯峨がきいた。「警官がいないかどうか、たしかめないの?」

「もちろん。顔を見ればわかるもの。あ、嵯峨君。ひさしぶり。元気にしてた?」

ため息をついて嵯峨がいった。「やっと挨拶《あいさつ》してくれたね。それにしても、だいじょうぶかい？　怪我してるみたいだけど……」

「いつものことよ。ところで嵯峨君、ここでなにをしてるの？」

「きみ、雪村さんの相談に乗ってあげていたんだろ？　雪村さんからきみに連絡があったのに、不在のうえに大変な状況のようだったからね。代わりに僕が来たんだよ」

藍が美由紀に告げた。「今晩も眠れそうにないから、自律訓練法のコツだけでも教えてほしくて」

「ああ、そうね。ごめんなさい……。嵯峨君もありがとう。対処してくれて」

「それはいいんだけど、だいじょうぶ？」嵯峨は心配そうな目を向けてきた。「ずいぶん派手に暴れまわったみたいだけど」

「だから、よくあることよ」

「そうでもないだろう。今度は被害者女性ひとりの名誉のためだけに行動してるみたいじゃないか。しかも暴走だよ。捜査は警察にまかせたほうが……」

「悪いけど、迷ってる場合じゃないの。藍のことも、対症療法じゃなく原因療法に踏み切らなきゃ。ストーカー被害の元凶も判明しつつあるしね」

「え？」藍が目を丸くした。「それほんと？」

美由紀はうなずき、室内を見まわした。「あなたの個人情報が公にされてる。盗聴器が仕掛けられていないのだとすると……」

注意すべきものは、すぐに目にとまった。

デスクに歩み寄りながら、美由紀はきいた。「このノートパソコン、常時接続にしてるの？」

藍はうなずいた。「ええ。でも、セキュリティはばっちりよ。最新の対策ソフトをインストールしてあるし。ウィルスチェックも毎日のようにしてるけど、異常はないし」

嵯峨が美由紀にきいた。「ハッキングでもされてるのかな？」

「いえ……」美由紀はマウスを滑らせながらいった。「藍のいったとおり万全のセキュリティが施されてるみたいだし、無線LANでもないから侵入や覗《のぞ》き見は不可能ね。藍、このノートパソコンって、外に持ちだしたことある？」

「一回だけ。ええと、美由紀さんとも会った日じゃなかったっけ？　セブン・エレメンツが来日して、由愛香さんと三人で喫茶店で落ち合って、チケット抽選《ちゅうせん》の応募ハガキを書いて……」

「ああ、あのときね」

「でも、いちどもパソコンを他人に預けたりしなかったたし、なんにしたってパスワードなしにインストールされてるデータを見ることはできないしね。だいいち、趣味や予定をパソコンに記録してるわけでもないし……」

美由紀は無言でノートパソコンを見つめていた。

たしかに藍はこのパソコンを喫茶店に持ちこんでいた。まだ不潔恐怖症が治る前のことだった。わたしがファントム・クォーターに連れ去られる前日のことだったはずだ。

あの日の昼すぎ、銀杏《いちょう》の並木道に面したカフェテラスで、わたしは由愛香、藍らとともに食事をとった。

三人は周囲の客にとって奇妙に思えたに違いない。運ばれてきたパスタやサラダをそっちのけにして、ハガキを書くことに集中していたからだ。

テーブルに置いたノートパソコンのキーを叩《たた》きながら藍が嘆いた。「あー。またつながんない。ちょっと。この店の無線LANってどうなってんの」

由愛香はハガキにペンを走らせながらいった。「無線LANのせいじゃなくて、サイトにアクセスが集中してるんじゃないの？　セブン・エレメンツの公式サイトじゃ混んでるの当たり前だし」

「だけどさ、ほかのアドレスもつながりにくいよ？　ったく、設備に金かけてないね、この店」

美由紀は、チケットよりも気になることがあった。ハンドバッグから携帯を取りだして
テーブルに置いた。

液晶表示板をテレビに切り替え、ニュースを放送しているチャンネルをさがす。ほとん
どの局が株価暴落を解説する番組を放送中だった。

「へえ」藍がそれを覗きこんでいった。「きれいに映ってる。これ、ワンセグだよね？」

「そう。地上デジタル放送」

「いいなーワンセグ携帯。わたしも買おうかな」

やがて藍は席を立った。

「どこ行くの？」と美由紀はきいた。

「洗面所で手を洗ってくる」

「さっき洗ってきたばっかりなのに……」

「んー、でもハガキ書いてるうちに、なんか指先が汗ばんできちゃって。気持ち悪いから、
洗ってくるね」

藍が立ち去っていくと、由愛香が美由紀に顔を近づけてきた。

「藍の住んでる部屋ってさ、塵《ちり》ひとつ落ちてないほど掃除が行き届いてるんだけど……、

洗面所に山のように石鹸《せっけん》が置いてあるんだよね」

「知ってる。一個につき一回手を洗ったら捨てるのよね。前に使った石鹸は汚くて触る気がしないって」

「会社でも手を洗いすぎるって怒られてるみたいよ？　異常よね」

「由愛香……」

「冗談よ」由愛香は通りがかった若いウェイターに声をかけた。「ねえちょっと、このパソコンなんだけど……。店内の無線ＬＡＮ、ちゃんと機能してる？」

失礼します、といってウェイターはパソコンのキーを操作し、接続状況を確かめだした。

だが、美由紀はそのようすを眺めてはいなかった。

ワンセグ携帯の画面に映しだされた折れ線グラフに衝撃を受けていたからだった。

市場はすでにあらゆる調整によって安定を取り戻しつつある。

ウェイターが告げた。「失礼しました、たしかに店の無線ルータが調子悪いのかも……。いま見てきます」

「早くしてね」と由愛香がいった。

美由紀は思わず息を呑《の》んだ。

嵯峨がふしぎそうに見つめた。「どうかしたの?」

「あのときだわ」と美由紀はつぶやき、マウスを操作した。「藍。検索サイトはどこを使ってる?」

「たいていグーグルだけど。〝お気に入り〟に登録してあるでしょ?」

ブックマークの一覧からグーグルを探しだし、カーソルを合わせた。

その瞬間、美由紀はストーカーの情報入手経路のすべてを理解するに至った。

腕時計に目をやる。午後九時半すぎ。美由紀は藍にきいた。「あの喫茶店って何時まで営業してるかな?」

「ええと、夜遅くまでやってるよ。午後十時ぐらいまで……」

「じゃ、まだ間に合うわね」美由紀はノートパソコンからケーブルと電源コードを外し、折りたたんで携えた。「これ借りるわね」

「待ちなよ」嵯峨がいった。「どこかに行く気なら、僕も同行するよ」

「……どうして?」

「どうしてって、きみを独りにはしたくないからさ。心のなかで葛藤《かっとう》が生じてるだろう? 自分がなにをやっているのか、よくわからない。そうじゃないか?」

「わたしは冷静よ」

「僕はそうは思わない」

「嵯峨君。心配してくれるのはありがたいけど……」

そのとき、藍が告げた。「わたしも一緒にいく」

「藍。あなたまで……」

「美由紀さんが追われる身になってるのに、黙って見過ごすことなんかできないって。わたしなんかが助けになるとは思わないけど……。でもここでじっとしてなんかいられない」

藍の真摯《しんし》なまなざしが、まっすぐに美由紀をとらえていた。

心苦しかった。ふたりの真意は手にとるようにわかる。それだけに、余計につらかった。

これはわたし独自の問題解決法だ。ふたりを巻きこみたくない。

それでも、言い争っている暇はなかった。

「いいわ」美由紀は穏やかにいった。「けど、危険が及びそうになったら、わたしひとりで行方をくらますから。それ以降はもう、追ってこないで」

嵯峨は静かに告げてきた。「その前に悩みは打ち明けなよ。独りじゃ解決できないこともある。きみも臨床心理士ならわかるだろ?」

美由紀は黙って踵《きびす》をかえした。

彼のいうことは正論だった。葛藤が生じてないといえば嘘になる。それでも、いまは踏みとどまってはいられなかった。

ただし、わたしは冷静さを失ってなんかいない。正しくあるべき道をたどっているだけだ。その結果孤立無援になろうとも、決して後悔はしない。

気まぐれ

閉店間際の喫茶店で、カフェテラスのテーブルと椅子を片付けているウェイターに、藍は見覚えがあった。

藍は歩道にたたずんで、あの日のことを想起した。わたしが席を立っているあいだに、あのウェイターに由愛香が呼びかけたらしい。ウェイターがパソコンをいじったと、あとで由愛香に聞かされた。

あくまで無線LANの調子を見るためだけだったのではないか。そう思っていると、美由紀がつかつかとウェイターのもとに歩いていった。

「美由紀さん」嵯峨があわてたようにいった。「待つんだ」

だが、美由紀はためらうようすもなく、いきなりウェイターの肩をつかんで振り向かせた。

ウェイターが驚いた顔で振り返る。次の瞬間、美由紀はウェイターの胸ぐらをつかみ、テーブルの上に仰向けにねじ伏せた。

食器や燭台《しょくだい》が音をたてて床に散らばる。それでも美由紀は手を放さなかった。

「な」ウェイターは怒鳴った。「なにをするんだよ！ 放せ！」

美由紀はウェイターの胸のネームプレートを見やった。「萩森《はぎもり》さんっていうのね。前にも会ったんだけど、覚えてる？」

「あ？ 知らないよ。手を放せ。警察を呼ぶぞ！」

「呼べばいいわ。なんなら、このパソコンも証拠として提出する？」

隣のテーブルに投げだすように置かれたパソコンを見たとき、萩森はぎくりとした表情になった。

藍は困惑を覚えてきいた。「美由紀さん。わたしのパソコンがどうしたっていうの？」

「グーグルにブックマークしてたでしょ？ そのアドレスをたしかめてみて」

妙に思いながらも、藍はテーブルに歩み寄ってパソコンに手を伸ばした。

ブックマークの一覧に〝グーグル〟がある。それをクリックしてみる。

店の無線LANにつながって、お馴染《なじ》みのトップページが表れた。グーグルのロゴも検索窓もいつもどおりだ。

だが、藍は愕然《がくぜん》とした。「URLが違ってる」

「そう」美由紀はいった。「googleじゃなくてgougleになってる。そのあとも本来ならco.jpだけど、微妙に違うわね。萩森さん、あなたが開設したサイトでしょ？」

嵯峨がつぶやいた。「なるほど。本物のグーグルのサイトをｈｔｍｌファイルで保存して、見た目はまったく同一の偽サイトを作ったんだ。フィッシング詐欺でよく使われる手だな」

美由紀はうなずいた。「店内の無線ＬＡＮの調子を悪くして、苦情を申しでた客のパソコンを操作し、グーグルのブックマークを偽サイトのアドレスに入れ替える。数秒もあれば可能よね」

そうだったのか、と藍は驚きとともに思った。

たしかにわたしは、どんなことでもパソコンで検索して調べることからスタートする。いや、わたしに限らず、現代人のほとんどがそうだろう。そして、こんなふうに偽の検索サイトをそうとは知らず利用していたら、興味のあることや生活上必要な知識をどんどんキーワード検索にかけ、プライバシーが露見してしまう。

「考えたわね」美由紀はなおも萩森をテーブル上に押さえこんでいた。「偽サイトはＣＧＩのプログラムを通じて本物のグーグルの検索結果につながる。ユーザーとしてはまったく疑わない。でも検索キーワードや閲覧したサイトはあなたのもとに伝わるようになってる。ターゲットは藍だけじゃないでしょ？　客ごとに別の偽サイトのアドレスを割り振るか、リモートホストで接続元を区別すれば、複数の客の個人情報が随時転がりこんでくる」

萩森は怒ったようにいった。「なにを馬鹿な。ふざけないでくれ。俺がどうしてそんなことを……」

美由紀は容赦なく萩森の胸もとを締めあげた。「とぼけても真実はもう明らかになってるの。心外だとばかりに怒っているふりをしていても、顎《あご》が前に突きだされていないし眉《まゆ》毛《げ》が真ん中に寄って下がってもいない。焦りや怯《おび》えの感情しか浮かんでいないのは、秘事の発覚を恐れているからよ。さっさと白状して。新・出会いの館を運営しているのはあなたなの？」

「あれは、違う。違うよ。俺じゃない」

「へえ……。じゃあ知り合いか誰か？」

「そんなんじゃないよ。売ってるだけなんだ、情報を……。女の顔写真とプロフィールを買い取ってくれる業者がいるんだよ」

藍は怒りを覚えて萩森にきいた。「駅でわたしを隠し撮りしたのはあなたなの？」

「と……とにかく、まず手を放してくれ。逃げたりしない。すべてきちんと話すから」

美由紀は萩森をにらみつけてから、ゆっくりとその手をどけた。

萩森はさも苦しそうにむせながら身体を起こすと、テーブルに座ったままいった。「出会い系に情報を売るのは、ほんのサイドビジネスにすぎない。メインは有名人の客だよ。芸能人やスポーツ選手も最近はパソコンを持ちこんでくるから、目をつけやすいんだ」

「ふうん」美由紀がたずねた。「著名人の情報収集をしてどこに売る気なの？」

「出版社だよ。ノウレッジ出版」

「ああ」嵯峨がいった。「ゴシップ雑誌とか有名人の暴露本の出版で知られてる会社だね。規模はそんなに大きくないけど、最近じゃ小説がベストセラーになったりしてるよな」

「そうね」美由紀が忌々しそうにつぶやいた。「不治の病に冒された少女の記録という触れこみの『夢があるなら』で儲《もう》けてるわね。それに……北朝鮮の軍事情報をケレンみたっぷりに紹介する『ダリス』って雑誌もよく売れてる。『ムー』の宇宙人の噂を北朝鮮に置きかえたような俗物雑誌だけど」

萩森がうなずいた。「そう、そのノウレッジ出版の油谷《ゆや》尊之《たかゆき》社長がさ、この店に有名人がよく来るってんで、俺にバイトの話を持ちかけてきて……。情報集めることができたら金くれるっていうからさ、それで……」

「偽サイトによるフィッシング詐欺を思いついたわけね。ってことは、店ぐるみの犯行ってわけじゃなく、あなたの単独犯ね」

「……頼むよ、見逃してくれよ。油谷社長はどうせ、俺以外にもあちこちの店の人間に声をかけてるに決まってる。俺は情報源のひとつにすぎないんだ。まずいとは思ったけど、それなりに金になるから、やめられなくて……。でももう反省した。改心するよ。だから店長の耳にだけはいれないでくれ。お願いだ」

美由紀はしばし黙って萩森を見つめていたが、やがて静かに告げた。「ひとつ聞きたいんだけど。正直に答えて。嘘をついてもわかるけど、そのときは承知しないから。……プライバシーを知った女性に、手をだしたことはある？」

「俺自身が？　ない、ない。ないよ。新・出会いの館ってサイトもさ、会費が高いらしいから、稼ぎのある中年の親父どもが浮気相手を見つけるために閲覧してるって話だけど、プライバシー知ったぐらいじゃ彼女はできないさ。せいぜいストーカーまがいになるのが関の山」

藍はむっとした。「わたし、おかげで迷惑こうむってるんだけど」

「そうだったのかい？　ごめんよ……。けど、そんな内気な親父どもなんて、肘鉄《ひじてつ》食らわせれば退散してくさ。なんの話だっけ、ああそうだ、俺は決してこれを利用して女を見つけようなんて思っちゃいない。試したこともないよ」

沈黙が降りてきた。

ため息とともに、美由紀がささやくようにいった。「そのようね。反省してるようだし、今回だけは見逃してあげる。でも念のために、藍。デジカメで彼の顔を撮影しておいて。パソコンの画面と一緒にね」

「おいおい」萩森はあわてたようだった。「どうしてだよ。許してくれるんじゃないのか？」

「何事もなかったら写真が公になることはないわ」

萩森は不服そうだったが、藍に異論はなかった。

デジカメを取りだしながら、藍は萩森に告げた。「パソコン指差してくれる？」

「ちぇっ、まるで警察の実況見分だな」萩森が吐き捨てた。「こんな暗いところで映るのかい？」

「赤外線暗視機能つきなの。ばっちり撮れるから心配しないで」

藍はファインダーで萩森を狙い、シャッターを切った。浮かない顔でパソコンを指差す萩森の画像が、データに記録された。

ようやく藍はほっと胸を撫《な》で下ろした。

ネットの情報流出のほうは警察に相談せねばならないが、原因は突き止められ、不安に掻き立てられることもなくなった。

すべては美由紀のおかげだ。またしても助けられた。

デジカメでの撮影を終えて、礼をいおうと振りかえったとき、藍は息を呑《の》んだ。

美由紀の姿はどこにもなかった。

あわてて藍は嵯峨にきいた。「美由紀さんは?」

嵯峨は困惑顔で首を横に振った。「たったいま、風のように走り去ったよ……。去りぎわに別れひとつ口にしなかった。僕らをここに残していきたかったんだろう」

「どうして……?」

「独りで行動するつもりなんだ。なにか使命感に駆られているらしい。きょうの彼女はどうもおかしい……」

藍は呆然《ぼうぜん》としながら、しょぼくれたようすの萩森を眺めた。

それにしても、美由紀の考えは理解しがたいところがある。

茨城では加害者の男を徹底的に追い詰めたらしいが、どうしてこの男は許す気になったのだろう。美由紀に限って、気まぐれということはないはずだ。いったいなぜ……。

メッセージ

美由紀は地下鉄の青山一丁目駅に降り、半蔵門線に乗った。ひと駅で降りて、永田町駅から有楽町線に乗り換える。

午後十時すぎ、帰宅を急ぐサラリーマンの姿も少なくなっている。駅構内ではときおり警官の姿を見かけたが、美由紀はなにげなく進路を変えて別の通路から先を急いだ。

有楽町線は池袋方面行きに乗り、護国寺《ごこくじ》駅で降りた。

階段を昇ると、講談社の前にでた。ひとけはほとんどなかった。音羽《おとわ》通り沿いには出版社のビルが数多くあるが、とっくに退社時刻は過ぎている。

駅の売店で買った『ダリス』誌の奥付に記載された住所によると、ノウレッジ出版の本社ビルもこのすぐ近くだ。グラビアページには、これまた眉唾《まゆつば》ものの北朝鮮最新鋭潜水艦の図解が載っていたが、例のミサイル基地の図面のイラストと画風はうりふたつだった。胡散臭《うさんくさ》い出版社だけに、怪しげな情報網もあちこちに張りめぐらせているのだろう。大元を辿《たど》った結果、ついにこの会社に行き着いたわけだ。

そこは音羽通り沿いの建築物のなかでは小さな部類に入る、五階建ての細いビルだった。宣伝の垂れ幕がかかっている。衝撃の新写真週刊誌、週刊インシデント創刊。

正面のエントランスは閉まっているが、三階には明かりがついている。ブラインドの隙間から、雑然としたオフィスのような部屋だとわかる。たぶん編集部だろう。夜遅くまで作業しているということは、雑誌を担当する部署の可能性も充分にありうる。

美由紀は辺りを見まわし、通行人がいないことを確認すると、ビルの脇に滑りこんだ。

外壁は滑りやすいタイル張りだったが、雨どいは頑丈だった。美由紀は縦に伸びるポリ塩化ビニル樹脂の管をよじ登った。すぐ近くにすりガラスの窓があり、足をかけることができる。

二階までは楽勝だったが、三階では窓を頼りにすることができなかった。すりガラスに身体を圧着させたのでは、中にいる人間に気づかれる恐れがある。

てのひらに汗をかき、滑りやすくなっていた。美由紀は歯を食いしばって足を壁面に踏ん張り、身体を押しあげた。

なんとか四階に達すると、美由紀は窓枠にしがみついた。中指にはめているカルティエのラブリングのダイヤをすりガラスにあてがい、円を描くように強くこすりつける。円形の傷の中央に肘鉄を食らわした。ガラスに丸く穴が開く。手を差しいれて錠を外した。

暗い四階のフロアに忍びこむ。そこは倉庫で、ダンボールが山積みになっていた。

階段に向かおうとしたが、廊下にでるための扉には鍵《かぎ》がかかっていた。指先で鍵穴に触れてみると、ピッキングが不可能なカバスターキーだとわかる。

階下に降りる道は断たれた。それでも、ようすをうかがうだけなら方法はある。

美由紀はしゃがんで、床をさすった。メンテナンス用の通用口の蓋《ふた》は、すぐに見つかった。

それを開けてなかに入る。床下はわりと広く、縦横に鉄骨が張り巡らされていた。鉄製のはしごを降りると、底部から明かりが漏れている。

三階の天井裏だ。埋め込み式のライトの熱を逃がすための穴があいている。

細い梁《はり》の上に身体をうつぶせに横たえて、美由紀は穴のなかを覗《のぞ》きこんだ。

事務机がいくつも突きあわされた島にはひとけはなく、ただひとり、頭の禿《は》げた男が居残って仕事をしていた。受話器を耳にあてている。

「……ええ、そうなんですよ」男は情けない声をあげていた。「あの銀杏《いちょう》並木のカフェテラスの店です。先週号の女優の色恋沙汰《ざた》も、あそこの萩森って従業員から貰った情報が元になってスクープ……。ああ、そうですよ。Jリーガーのも萩森のところがソースです。

でも一時間ほど前から、電話に出ないんですよ、萩森が。連絡も寄越さないし、どうもトラブったみたいで……」

情報源のひとつを失ったことを、早くも察知したらしい。

男は甲高い声で告げた。「いえ、それなら警察から連絡が入ると思うんですが、そうでもないので……。ありえますね、ええ。追いかけてた誰かに見つかって、尻尾《しっぽ》をつかまれたのかもしれません。……そこはだいじょうぶです。あの店から情報を買ってる物証は残してませんし、全面否定すれば、うちとつながってることはバレません」

尻尾切りか。ぬかりのない連中だと美由紀は思った。慎重に動かないと、この会社の不正を暴くことは困難になる。

「それより」と男は受話器にいった。「製本工場のほうが心配ですよ。……いえ、表のほうじゃなく、裏のほうですよ。そう、ショウブマチにある」

美由紀は携帯電話のフリーメモを表示し、〝しょうぶまち〟と入力して変換した。勝負待ち、正部町、菖蒲町。

たぶんこれだろうと美由紀は思った。正部町のほうは石川県金沢市だ、都内に本社があるノウレッジ出版の製本工場としては不向きのはずだ。菖蒲町なら埼玉県にある。

男の声が聞こえてくる。「その菖蒲町の製本工場……、いや、表向きは違いますけど、あそこで外国人労働者を雇ってるじゃないですか。そう、不法就労者がほとんどですけどね。製造工程がバレちゃまずいんで、軟禁状態ですけど……。あいつらがヤバいことさせられてるって薄々勘付いて、逃げようとすることがあるんですよ。このあいだもフィリピン人が五人ほど寮から脱走を図りましてね」

製本所のくせに、製造工程を秘密にして、工場の所在までも隠している。どんな本を作っているというのだろう。

「……いや、警備員が無事に連れ戻しましたよ。でもその際に、少々手荒に扱ったんで、労働者どもがいっそう怯《おび》えてましてね。従順になった連中はいいんですが、外部に助けを求めようとする奴らは困りもので。……もちろん電話なんか使わせちゃいません。国への手紙も投函《とうかん》せず破棄してますしね。だから通報の心配はないんですが、なかにはこっそり外に助けを求める奴もいるんですよ。……いえ、それがわれわれの裏をかく手を使いやがるんです。タマネギがいっぱいあるんで、それの汁使って書くんですよ。色校印刷とか、そのへんの紙にね。こうなるとわれわれにはチェック不可能です。とはいえ、外部の人間も気づかないですから、あのアホな就労者どもに救いの手はないわけですがね」

男は笑いながら、引きだしを開けた。黄色い表紙のファイルを取りだし、それを開いている。

なんだろう。美由紀は覗きこもうと、穴に顔を近づけた。

そのとき、頑丈だと思ってた梁のひとつが大きくしなって、耳障りな音を立てた。

はっとした男が、こちらを見あげる。

出版社勤務とは思えないやくざ顔の男は、ずっとこちらを注視していた。目を逸《そ》らそうとしない。

やがて、椅子の上に立ち、天井に手を伸ばしてきた。

電球のカバーを外されたら天井裏が見える。もうじっとしてはいられなかった。

美由紀は梁の上を転がり、撤退を開始した。足音が大仰に辺りに響く。

「誰だ!」男の声がした。

情報はここまでか。美由紀は四階に這《は》いだし、ただちにサッシ窓から外に身を躍らせた。

雨どいを滑り降りて、地上に舞い戻る。

と、ビルの脇から音羽通りの歩道にでたとき、思わず足がすくんだ。

すぐ近くにパトカーが停車していて、赤いパトランプが瞬いていた。しかも悪いことに、ふたりの警官が車外に出ていて、うちひとりと目が合ってしまった。

もうひとりも振りかえった。固唾《かたず》を飲み、互いが静止する一瞬があった。

次の瞬間、警官のひとりがいった。「いたぞ」

美由紀はとっさに身を翻した。

だが、それは警官たちを引き寄せるためのフェイントだった。ふたりがガードレールを乗り越えて歩道に入ろうとしたとき、美由紀はそのまま回転してガードレールの柱に片足を乗せ、勢いよく跳躍した。

パトカーのボンネットの上に転がった美由紀は、車体の向こう側に着地した。運転席側のドアを開け、なかに乗りこむ。

「よせ！」と警官のひとりが怒鳴って、助手席側に駆け寄ってくるのが見えた。

だが、アイドリング状態のクラウン改造型のパトカーを発進させることなど、一秒もあれば充分だった。アクセルを踏みこんで加速する。追跡する警官たちの姿は、バックミラーのなかでたちまち小さくなっていった。

大塚警察署の前を猛スピードで駆け抜けて、護国寺前の信号を左折、不忍《しのばず》通りを目白通り方面に向かった。

畔取直子という不幸な女性に安堵《あんど》を与えられるまで、いかなるルールを破ることも辞さない構えだったが、次から次へと見過ごせない状況が発覚する。こうなったら、とことんまでいくしかない。

ノウレッジ出版の不正を暴くために、向かうべきは菖蒲町にあるという製本工場だろうか。だが、なんのためにかその所在は秘密になっているという。探そうとして見つかるものではないだろう。

それに、リミッターのないパトカーを飛ばすのは快適だが、このまま走りつづけるのは好ましくない。カーロケーション・システムの電波を発していて、警察本部に位置情報が伝わってしまう。

カーロケのスイッチを切りたいが、どこにあるのかわからない。F15の複雑な計器類は隈《くま》なく理解できても、パトカーには詳しくなかった。

と、前方に、派手なエンジン音を奏でるクルマのテールランプが見えた。

走り屋仕様のスバル・インプレッサだった。たぶんクルマのいない夜中の都心を走りまわろうと繰りだしてきたのだろう。

ちょうどいい。あの手のクルマなら、便利な物を持っているだろう。

美由紀はパトカーの速度をあげてインプレッサを追い越し、その行く手をふさぐようにして斜めに停車した。

窓を開けると、インプレッサの運転席で若い男がぽかんと口を開けていた。

インプレッサのダッシュボードの上で、点滅しながら電子音を発する物体が見える。レーダー探知機だった。音声がきこえてくる。カーロケ電波を受信しました……。

「あ、あの」インプレッサの運転手は窓から顔をだし、怯えたようすできいた。「なにか？」

「いいから」と美由紀はいって、パトカーの無線機の辺りにある配線を一本ずつちぎっていった。

やがて、緑いろのケーブルを引きちぎったとき、インプレッサのレーダー探知機の点滅は消え、静かになった。

カーロケ電波は殺せた。ついでにもうひとつ頼みたいことがある。美由紀はきいた。「マッチかライター、ない？」

若い男は面食らった顔のままうなずくと、使い捨てライターを取りだし、こちらに投げてきた。

それを受け取ると、美由紀はいった。「ありがと。無茶な運転はしないでね」

すぐにパトカーを急発進させ、美由紀はその場を走り去った。

警察無線から声が聞こえてくる。至急至急、警視庁から各移動。マル被、大塚3を奪い逃走中。音羽通りから不忍通り目白方面……。

マル被か。すっかり被疑者というわけだ。偽の情報に注意しなければならない。パトカーを奪ったことは警察に知れている。彼らも傍受されているとわかっている無線で、たいせつな情報のやり取りはしないだろう。

目白通りに入った。美由紀はパトカーを側道からガード下に乗りいれ、人目につかない橋梁《きようりよう》の下で停車させた。

封筒から北朝鮮ミサイル基地の偽図面を取りだし、広げる。

これがもし、その裏の製本工場から流出したものだとしたら……。

ライターに火を灯《とも》し、その紙をあぶった。

製本工場にはなぜかタマネギが大量にあって、軟禁状態の労働者はその汁でメッセージを書き、救いを求めているという。ということは……。

図面の白い部分に、うっすらと文字が浮かんできた。

タスケテクダサイ　ケイサツニデンワシテ　ショウブマチオオアザアリカワ2312

やはり。あぶり出しか。

文字はいびつだった。日本語をよく知らない外国人労働者が、なんとか書きあげたものだろう。

あいにく、警察に追われる立場のわたしが通報しても、まともに取り合ってくれるとは思えない。

でも、安心して。美由紀は会ったこともない相手に対しつぶやいた。わたしがあなたたちを助けだしてみせるから。

運命の逆転

深夜、午前零時をまわったころ、美由紀は埼玉県菖蒲町の田畑に延びるあぜ道に、パトカーを走らせていた。

川越街道のいたるところに検問があることは予測できたため、それに並行する生活道路や道なき道を進んだために時間がかかった。とはいえ、パトカーのナビゲーションは便利だ。一般に発売されているものより道路情報が細かく表示されることを、美由紀は初めて知った。とりわけ信号の待ち時間のカウントダウン表示が重宝する。

そのナビゲーションが告げた。「目的地周辺です。案内を終了します」

美由紀はパトカーを停めた。

菖蒲町大字有川二三一二、メッセージに記された住所に着いた。ナビ画面によれば周囲には天王山塚古墳があるだけで、あとは森林と田畑ばかりだ。

パトカーを降りて外にでる。コヤシのにおいが鼻をついた。都内とは段違いに気温が低い。夏なのを忘れてしまいそうだ。

あぜ道沿いに金網が張ってあるが、その向こうは広大な畑だ。真ん中に工場のような建物があって、明かりはついている。けれども、フェンスに掲げられた看板は製木所とは無縁のものだった。(株)オニオンフーズ埼玉菖蒲町工場。

オニオン。あのノウレッジ出版の男によれば、タマネギが大量にある場所だといっていた。

金網をよじ登って、その向こう側に降り立つ。畑に侵入した。暗闇に目を凝らすと、ミドリいろの植物がすべて倒伏している。

その植物を一本握りしめて、土から引き抜いた。

やはりタマネギだった。よく育っている。収穫の時期ということだろう。

タマネギはほとんどが北海道で生産されるはずだが、関東でもわざわざ気温の低いこの辺りにタマネギ畑を作った理由はなんだろう。ただのカモフラージュとしては異質で、目立つようにも思える。

姿勢を低くしながら工場に向かって走った。しだいに機織《はたお》り機のような騒々しい音が耳に入ってくる。

大きなトラックが何台も停めてあるが、荷台部分に屋根はなく、積荷もなかった。食品を運ぶものではなさそうだった。

接近すると、工場棟はわりと新しいプレハブ建築で、かなりの体積があった。

警備員らしき制服姿の男がうろついている。通り過ぎるのを待ってから、美由紀は大きく開いた車両出入り口に駆けこんでいった。

工場の内部は広大なわりに、ひとけはなかった。ただし、生産ラインは稼働中だった。

印刷機に製本機。コンベアーで次々に運ばれてくる書籍に、巻き取りフィルムが上下からでてきて包装し、電熱で溶着されパッキングされる。

一冊ずつビニールでくるむとは手間がかかっている。ラインによってハードカバーから雑誌まで、あらゆる本が印刷、製本されていた。

雑誌を手にとった。週刊インシデント。それも創刊号だった。作りとしては、ゴシップ好きな写真週刊誌そのものだ。

だが美由紀は、表紙の見出しに気になる記載を見つけた。

隅田川花火大会、大爆発事故の秘められた事実。そうあった。

包装を破って開いた。花火大会の事故など聞いたことはない。というより、今年の隅田川花火大会はまだこれからだ。

グラビアページには何枚かの写真つきで、その記事が大きく扱われていた。文章にざっと目を通す。

今年七月末に起きた隅田川花火大会の大惨事は、日本ばかりか世界をも震撼《しんかん》させたが……。

まだ実施されていない花火大会の記事、それも悲劇を予兆したかのような文面。未来のニュースが載った雑誌か。ありえない話だ。

これにはなにか裏がある。あとで詳しく読んでみるべきだろう。美由紀は雑誌を丸めて、デニムの尻《しり》ポケットにねじこんだ。

いまはこの奇怪な製本施設の全容を知りたい。そう思って、ラインの奥へと歩を進めていく。

印刷機に近づくと、フィーダーから供給された紙にページごとのグラビアが印刷されていた。北朝鮮の兵器類の写真とイラストが載ったページもある。『ダリス』誌だろう。妙だった。たしかに胡散臭《うさんくさ》い印刷物ばかりではあるが、わざわざこんな田舎に製本所を隠す必要はないはずだ。ノウレッジ出版の企業規模からいえば、この施設は金がかかりすぎているようにも思える。

活字の本を印刷する機械に近づいたとき、またしてもちぐはぐな設備を目にした。フォークリフトで運ばれてきたらしい大量のタマネギがコンテナに山積みになっていて、食品を加工するらしい円筒形の炉が設置してある。そこから延びたゴムホースが、ガラスの容器に液体を溜《た》めこみ、さらにサイフォン式の管でインクと混合されて、印刷機に運ばれているようだった。

容器の金属製の蓋《ふた》をはずして、においを嗅《か》いだ。熱風とともに、なんともいえない強烈な香りがたちこめる。

と同時に、美由紀のなかにひとつの考えが浮かんだ。なるほど、そういうことか。

突拍子もない思いつきだが、牛肉の挽肉《ひきにく》の中に豚肉を混ぜたり、黒ずんだ肉に血液を混ぜて色を変える食肉業者がいる世の中だ。それらに比べれば、さほど浮世離れした犯罪ではない。

ふいに背後で男の声がした。「なにをしている」

びくっとして振りかえる。

辺りには、十数人の男たちがいた。そのほとんどが警備員、何人かアジア系外国人の労働者たちの姿もあった。

声を発したのは、黄色いヘルメットを被《かぶ》った体格のいい男だった。ひとりだけチェックのシャツにジーパン姿だった。

　美由紀はきいた。「あなたが管理責任者?」

「工場長の衛藤《えとう》だ」と男はいった。「誰だおまえは。どこから入った」

「さあね。ノウレッジ出版のやってることに興味があって来てみれば、とんでもない光景を目にしちゃったってとこかしら」

「なんだと?」

　外国人労働者たちは、怯《おび》えたように身を屈《かが》ませて後ずさっている。

　やせ細った彼らが、ここで奴隷のごとく虐げられて労働を強制されているのはあきらかだった。実際、こんな時刻まで工場を運転していること自体、労働基準法に違反している。

「泣けるわね」美由紀は皮肉をこめていった。「タマネギから抽出した硫化アリルを混入させたインクで『夢があるなら』を刷ってるなんてね。この製本ラインを見るかぎり、硫化アリル入りインクで印刷してるページは二百五十ページ以降ってことね。不治の病にかかった少女が息も絶えだえになる……そのあたりね。これが泣ける本のからくりってわけ」

　衛藤が目を光らせた。「女。無事に帰りたかったら、何も見なかったことにしておけ」

「どうして?　こんなアンフェアは世間に広く公言すべきでしょ。タマネギを切ると涙がである、その原因となる成分がページに染みこんでいれば、ページを開いたときに泣ける。安直な発想だけど、数回にわたって効力があるでしょうね」

「ふん。そんな馬鹿げた話を本気にする奴がいると思うか？」

「ええ。基礎涙、反射性涙とは異なって、感情性の涙がなぜ出るのかはまだ科学的には解明されてない。悲しいときに泣く理由はまだ明らかじゃないの。だから『夢があるなら』を読み進んで、終盤にさしかかって涙腺《るいせん》が緩みだしたとき、読者はその理由を自己分析できない。物理的要因と気づくことは不可能だから、感動しているんだと思いこんでしまう。ガムを噛《か》みながら読むと泣けないって噂は本当だったのね。タマネギを切るときも、ガム噛んでれば涙でないし」

「小難しいことをよく知ってるな。あいにく俺は不勉強なんで、なんの話かさっぱりわからんが」

「そうでもないでしょう？　表情を見れば図星だってわかるもの。インチキな本で話題を呼んで、三百万部も売って、そのお金で写真週刊誌を大々的に立ち上げようとしてる。隅田川花火大会の爆発事故って何？　前もって印刷してあるところをみると、事故が起きることを知ってるみたいね。他社を出し抜いていち早く報道すれば売り上げ部数は大きく伸びる。考えていることがせこいわね」

「そうとう嗅ぎまわったみたいだな」衛藤は袖《そで》をまくり、太い二の腕をのぞかせた。「どうやら痛い目に遭わんとわからんらしい」

「それは」美由紀は冷ややかにいった。「あなたたちでしょ？」

「ほざけ！」と衛藤の拳《こぶし》が唸《うな》りをあげて美由紀の顔面に迫った。

だが美由紀は身を退《ひ》いてそれをかわし、太極腿《たい》の低い蹴《け》りで衛藤の片脚のふくらはぎを蹴って、ひざまずかせた。

愕然《がくぜん》とした衛藤の顔に、美由紀は容赦なく手刀を振り降ろした。弾《はじ》けるような音とともに、衛藤は床に叩《たた》きつけられた。

警備員たちが腰の警棒を引き抜き、いっせいに襲い掛かってきた。

躊躇《ちゅうちょ》なく攻撃的姿勢をしめすあたり、まともな警備会社から派遣された人員ではないのだろう。かえって好都合だと美由紀は思った。おかげで手加減せずに済む。

真っ先に警棒を振りあげて襲ってきた男に、美由紀は独脚法で鍛えたハイキックを浴びせた。踵《かかと》をもろに顔面に受けた男は蝦《えび》反《ぞ》りになって吹き飛んだ。男の手にしていた警棒が宙に舞う。美由紀は跳躍してそれをつかんだ。

身構えたとき、警備員たちの向こうで戸惑う外国人労働者たちの姿が見えた。

「すぐに逃げて！」美由紀は怒鳴った。「外にパトカーがあるわ。無線マイクを取れば自動的に近隣の警察本部につながる。通報して！」

労働者たちはあわてたようすで戸口に向かって駆けていった。

それを見た警備員たちが、阻止しようと追跡を始める。

だが美由紀は猛然と駆けだし、警備員たちの前にまわりこんだ。「どこへ行く気よ。あなたたちの相手はわたしでしょ？」

「この女」警備員のひとりが突進してきた。「どけ！」

美由紀は警棒を竹刀のごとく腰に構え、居合の袈裟《けさ》斬りに入った。引き抜く動作とともに警備員の胴を打ち、それから頭上に振りかぶって垂直に打ち下ろす。

手に痺《しび》れるような反動を感じた。男は白目を剝《む》いてその場にへたりこんだ。

続々と襲いかかる警備員を四方斬りの要領でなぎ倒していきながら、美由紀は硫化アリルの精製装置の前に舞い戻った。

喧嘩《けんか》を長引かせたところで意味はない。じきに警察が来る。工場は一網打尽にしてほしいが、わたしはまだ捕まる気はない。

警棒をバットのように水平にスイングして、美由紀は力まかせに硫化アリルの入ったガラス容器を打ち砕いた。

粉々になった破片とともに、沸騰状態の液体が辺りに飛び散り、湯気が噴出した。たちまち警備員たちが悲鳴をあげて、警棒を投げ捨て、両手で顔を覆った。

直後に美由紀も、彼らと同じ感覚に襲われた。目が痛い。催涙ガスをまともに食らったときのように、涙がとめどなく流れ落ちる。

気化したタマネギの成分を吸うまいと、美由紀は呼吸をとめて一気にサッシ窓に向かった。肩からタックルするように飛びこみ、ガラスを砕くと、畑のなかに埋もれるように突っ伏した。

ただちに起きあがり、駆けだそうとする。脚に痺れるような痛みがある。またあちこち切ったらしい。傷にはもう慣れた。それより、息苦しさのほうが問題だった。げほげほと咳《せき》こみながら、美由紀は走った。

足がもつれる。目を開けられないせいで、バランス感覚を保つのが難しかった。このままでは警備員に追いつかれてしまう。

ところがそのとき、タイ語で怒鳴る男の声が聞こえた。「来い《マーシ》！」

涙をぬぐいながら目を開けると、トラックの荷台いっぱいにひしめきあった労働者たちが、美由紀にしきりに手を振っていた。

エンジン音がする。むろん、ドライバーも労働者のひとりだろう。いま逃亡を図るのに、これほど便利なしろものはない。

トラックに向かって駆けていくと、男たちが手を差し伸べてきた。「気をつけて！《ラワンラワンナー》」

その手をつかむと、美由紀の身体は荷台の上に引きあげられた。

すぐさま、トラックは走りだした。畑の上を激しく振動しながら前進し、金網に衝突していった。

派手な音をたててフェンスを突き破り、トラックはあぜ道にでた。

労働者たちが歓声をあげる。彼らの仲間が運転しているらしいパトカーの先導で、トラックは工場から遠ざかった。

ようやく、目のほうが落ち着いてきた。美由紀は安堵《あんど》とともにいった。「ありがとう《コッ・クン・カー》」

男たちは口々に、笑いながら告げてきた。「どういたしまして《マイ・ペン・ライ・クラッ》」

美由紀は思わず苦笑した。彼らを助けに来たはずなのに、いつの間にか立場が逆転している。

始発

警察署に向かうトラックからひとり途中下車した美由紀は、国道十七号線沿いにぽつんと建つコンビニの駐車場で腰を下ろした。

真夜中の二時、クルマの往来もなければ立ち寄る人もいない。それでも、コンビニの窓から漏れてくる明かりは貴重だった。こうやって外で座っているだけで充分な光を得られる。

デニムの尻《しり》ポケットから丸めた雑誌を取りだす。週刊インシデント。

発売日を見ると、七月二十八日となっている。今年の隅田川花火大会はたしかきょうから一週間後、二十八日のはずだ。

大事故が起きた翌日に、早くも特集記事をリリースして、創刊号の目玉にする腹積もりなのだろう。

表紙を眺めると、さっきは気づかなかった別の見出しが目に入った。北朝鮮ミサイル基地図面を持った謎の女。

ページを繰って、その記事を探した。見開きで載っているのは、暗視カメラでとらえたとおぼしきピンボケの写真だった。白いワンピースを着た女が、ごつごつとした岩が連なる地形のなかを逃げている。女の顔ははっきりしないが、望遠で拡大して捉《とら》えていた。思わずため息が漏れる。顔が映っていなくても、髪型と体型で畔取直子だとわかる。場所も北茨城の五浦海岸に相違ない。記事には、写真にあわせていい加減な状況がでっちあげられていた。

『ダリス』誌に掲載され話題を呼んだあのミサイル基地の図面は、日本国内に潜伏する正体不明の女A子が送りつけたものと判明した。本誌記者はその所在を突き止め、取材するべく茨城に向かったが、女は逃亡を図り、嵐のなかの五浦海岸に姿を消した……。

A子は日本人だが、なぜあのような北朝鮮国家の存続に関わる重要な図面を持っていたのか？　本誌記者は、A子が女子サッカーの熱烈なファンだという事実をつきとめた。女子サッカーといえば、最新のＦＩＦＡ女子ワールドカップが中国でおこなわれ、北朝鮮チームも出場していたことが記憶に新しい。しかもA子は、天津奥林匹克中心球場《オリンピックセンタースタジアム》でおこなわれた北朝鮮チームの試合を観戦したことがわかっている。おそらく彼女はこのとき、北朝鮮の軍事関係者と接触したのではなかろうか。

開いた口が塞《ふさ》がらないとは、まさにこのことだと美由紀は思った。

畔取直子は、まんまとこのフィクションの登場人物に仕立てられている。記事には、逃亡するA子の声も録音したと書いてあるが、二〇〇三年のワールドカップ観戦のためのヘソクリと同様、もっともらしい物証を作ろうとしただけだろう。

ここまでくると、直子はたぶんノウレッジ出版に雇われていたエキストラだった可能性が高い。裕福な彼女にとってはギャラの金額など問題ではなく、ただ賑《にぎ》やかな仕事を求めてマスコミに関わりたいと思ったのかもしれない。直子自身がどれだけ納得していたことかは別として、彼女がA子を演じ、捏造《ねつぞう》がおこなわれたことはたしかだ。

だが、情報が情報だけに聞きつけた防衛省が乗りだしてきて、しかも悪いことに直子が転落事故を起こして記憶を失ったせいで、サインドまで実施されて大事《おおごと》になってしまった。やらせに端を発する不幸の連鎖。元凶はこの雑誌にほかならない。しかもこれによれば、より大きな捏造が準備段階にあるわけだ。

隅田川花火大会関連の記事を、詳しく読みこむ。

花火大会が開始して三十分ほど経ったとき、轟音《ごうおん》とともに大爆発が起きて、会場周辺は瞬時に焼け野原になった。ビルは倒壊し、木造家屋は焼け落ち、辺り一面は空爆の直後のように跡形もなくなっていたという。そして、そこかしこに累々《るいるい》と横たわる黒焦げの死体……。

掲載されている写真には、現場のようすはなかった。まだ起きてもいない事故なのだ、当然だろう。代わりに、事故の背後にあった陰謀らしきものを裏づける、隠し撮りのような写真が説明つきで載っていた。

レゲエのようなファッションの男が道端に座りこんで、敷物の上に商品を並べて売っている。日本ではなく、どこか外国のようにも見える。

写真に添えられたキャプションによれば『危険な爆発物を売ったと思われる怪しい外国人』。

この外国人トマス・ミクス（仮名）は、爆弾の密造業者として某国を追われた過去があると噂されている。花火大会当日の午後一時すぎ、トマスはとある日本人男性と接触している。午後三時過ぎ、この日本人男性の上着が警察により東京湾で発見された。場所はレインボーブリッジのちょうど真下あたりで、これより早い時間に勝鬨橋《かちどきばし》の下に漂っているのを見たという目撃証言も多く、隅田川方面から流れてきた可能性が高い。

当日は、この記事のシナリオどおりに捏造がおこなわれるのだろう。実際に漂流する上着を大勢の人々の目に触れさせたり、警察に通報して発見させる気にちがいない。むろん、上着は男が溺死《できし》したように示唆するためだけのものであり、実際には芝居の道具立てにすぎない。

だが、この外国人のほうはどうだろう。日本人男性と接触する場所は、どこに設定されているのだろうか。写真は外国のようでもあるが……。

穴が開くほど写真を見つめるうちに、美由紀は違和感を覚えた。

男の背後にある看板にFree Marketと書いてある。

正しくはFleaと綴《つづ》らねばならない。蚤《のみ》の市という意味のフランス語に由来する。自由《フリー》と勘違いするあたり、いかにも日本人らしい間違いだった。

これは日本だ。トマスなる男も日本育ちで英語に疎いか、単に外人っぽい顔をしているだけで純粋な日本人の可能性がある。

もしそうなら、この写真そのものが当日の彼を隠し撮りしたという意味の演出かもしれない。花火大会の日、トマスはどこかでフリーマーケットに出ているということだ。とすれば、取り引き相手の上着が二時間後に東京湾で見つかっているのだから、出店も都内に違いなかった。

ひとしきり考えて、美由紀はうずくまった。

デニムの膝《ひざ》が破け、血がにじんでいる。

畔取直子の無念を晴らすために行動を開始したのに、いまは花火大会の大惨事を食い止めねばならなくなった。

だがこれは、本来の目的を見失ったことにはならない。直子がやらせ出版物の協力者だったにせよ、事故で記憶を失ったことにつけこまれ、身体を弄《もてあそ》ばれた事実は消えない。彼女は性犯罪の被害者だ。

そう、その一点だけでも、わたしが努力する意義はある。ノウレッジ出版の陰謀を阻止し、直子の不安の種をすべて取り除く。彼女のためなら頑張れる。心に傷を負った彼女のためなら。

美由紀はゆっくりと立ちあがった。ＪＲ高崎線の桶川《おけがわ》駅はそう遠くはない。いまから歩けば、朝の始発には間に合うだろう。

原因

岬美由紀の消息が途絶えて、四日が過ぎていた。

夜七時半。嵯峨敏也は臨床心理士としての一日の業務を終えると、きょうも警視庁の捜査本部に足を運んだ。

なんの情報も得られていないとわかっていても、じっとしてはいられない。美由紀のことが気がかりだった。少しでも捜査に協力できるものなら、そうしたい。

だが、会議室に集まった捜査員たちは毎晩のごとく、テーブルにひろげられた地図を深刻そうな顔で見つめるばかりだった。

その地図も、最初は首都圏のみだったが、日を追うごとに広域のものに取り替えられ、今夜はついに日本全土になっていた。美由紀の手がかりがさっぱり得られず、どこに逃げたのかわからない。テーブルの地図はその事実を克明に物語っていた。

楠木《くすのき》という管理官は血相を変えて蒲生に怒鳴り散らしていた。「空前の捜査員数を動員しておきながら、依然として行方知れずとはどういうことだ。捜査対象の範囲を沖縄にまで広げるなんて、尋常じゃないぞ」

蒲生はうんざりした顔でいった。「ご不満なら指名手配に踏みきられたらどうですか。すべての空港や駅に警官を配置しているからといって、抜け道は無数にあります。とっくに外国に逃げてるかもしれませんよ」

「なぜそう言い切れる?」

「岬美由紀は元幹部自衛官、それも戦闘機のパイロットです。防衛大も首席卒業してる。航空自衛隊でも命令に背いて単独行動をとることが多かったそうですから、組織の監視の目を盗むことも得意としてたわけです。緊急配備網もかいくぐるぐらい、お手のものでしょう」

「感心してる場合か。岬が埼玉の菖蒲町で騒ぎを起こしたとき、埼玉県警のみならず首都圏の全パトカーに現場に急行するよう、指示を出すべきだったんだ」

「しましたよ。でも田舎すぎて場所がよくわからず、朝までにたどり着けたパトカーはごく一部でした」

「岬はあそこで何をしていた?」

「さあ。ノウレッジ出版が不法就労者を雇っていたことぐらいはわかりましたが、書籍や雑誌を印刷することは違法でもないし、それ以上の追及もできなかったのさ。あんな田舎に製本所を持つ必要がなぜあったのか、そこのところはおおいに疑問ですが」

「いま問題にしているのはノウレッジ出版ではなく、岬美由紀のことだ」

「ええ。わかってますよ。とにかく、防衛省で機密扱いになっていた活動とやらに端を発する事件である以上、指名手配はできないし、聞き込みできる場所も限られている。人海戦術といえど、これではお手上げです」

「いや。捜査員を隈《くま》なくパトロールさせることで、必ず情報は得られる。それが実現しないのは、きみの知識に基づいた岬美由紀の行動予測が正確ではないからだ」

蒲生はむっとして、テーブルの上にあった書類の束を楠木の前に押しやった。

「お言葉ですが」と蒲生はいった。「報告書をもう一度お読みになったらどうです。十三億人の中国人が不法入国した彼女ひとりを追っかけても、まるで捕えることができなかったんです。彼女のサバイバル戦術は独特のものであり、しかも人の感情を読む能力を身につけてます。裏をかくことなんて、そうできるもんじゃありません」

「蒲生。きみはわれわれの仲間か、彼女の味方か、どっちなんだね。だいたい、岬美由紀のかねてからの知り合いだったからには、彼女の内なる変化に気づかなかったというのは警察官としての怠慢だぞ」

しか思えん」
「優秀な国家公務員が、いまは国を引っ掻《か》きまわしている。よほどの心変わりがあったと
「内なる変化？」

ところがそのとき、低い男の声が告げた。「ちょっと違うんじゃないっすか。幹部自衛官として成績がよくても、国家の犬として忠実かどうかはわかんねえっていうか」

捜査員たちがいっせいに妙な顔をして振り返った。

嵯峨も戸口を見やった。

会議室に入ってきたのは、一八〇センチほどの長身で、スポーツ選手のようにスマートでありながら筋肉質な男だった。服装をカジュアルなデニムで統一しているところは美由紀と同じだった。年齢は三十代前半、パーマのかかった長髪で、浅黒い顔は精悍《せいかん》そのものだった。

刑事にしては態度が砕けすぎているし、健康的すぎると嵯峨は思った。湘南あたりでサーフボードを積んだワゴンを転がしていそうなタイプだ。ハンサムでもあるし、女性にももてるだろう。

男は真顔のまま、飄々《ひょうひょう》といった。「自衛官ってようするに、人殺し候補ですからね。警官は拳銃《けんじゅう》持ってても、トレーニングといえばせいぜい射撃訓練ぐらいでしょ？　自衛隊は

幹部候補生だろうが一般学生だろうが、人型の的の眉間《みけん》を撃ちぬく練習を積むし、突進していって人形の胸を銃剣でぐさりと刺す。事務職に就く女性自衛官でも、それに合格しないとクビになるんでね。いつでも人を殺《あや》めるぐらいの能力は持ってるってことです」

楠木は眉《まゆ》をひそめた。「誰だきみは」

蒲生が男を見据えた。「本当の人殺しは、たとえ未遂でも法に裁かれる。だが、われわれは自衛官だからといって逮捕することはない」

「でしょうね」男は不敵にいった。「理由はふたつ。一、自衛隊は理由なく殺さない。二、日本人を殺さない。それだけです」

「なにがいいたい」

「自衛隊という組織で優秀だと認められたことはすなわち、侵略してきた外国人を殺すにあたり、極めて秀でているという国家のお墨付きを得たということです」

「つまり、決して褒められたものではないってことか」

「まあ、そうっすね」

「ふん」楠木が鼻を鳴らした。「きいたふうなことを。誰か知らんが、知りもしないで幹部自衛官の評価に勝手な憶測をめぐらすことは……」

「知らないわけじゃないです」男はいった。「俺もいちおう、その端くれなんで。航空自衛隊、第三〇五飛行隊の伊吹直哉一等空尉です」

ざわっとした驚きがひろがるなか、嵯峨も圧倒されていた。

あれが伊吹か。岬美由紀のかつての恋人だ。名前だけは何度か聞かされたことがある。

「ああ」蒲生も同様らしかった。「きみが伊吹君か。美由紀から電話があったって件は聞いた。すると、いまの評論は岬美由紀についてじゃなく、きみ自身を分析したものか？ きみもかなり腕が立つパイロットだそうだからな」

伊吹は肩をすくめた。「蒲生さんっすよね？ 部屋に入ってきてすぐピンと来ました。なんていうか、以前に美由紀の話してた特徴とぴったり一致するんで」

「岬二尉じゃなく美由紀って呼ぶのか。親しそうだな」

「さあ、ね」

「自衛官仲間という以上の付き合いなわけか？」

「べつに。非番だったんで来てみただけです」

「彼女の行方を知ってるわけじゃないんだな？」

「まあね」

「なら、なるべく捜査員の邪魔にならないところに座っていてくれるか。聞きたいことがあったらこっちから声をかける」

蒲生はぶっきらぼうにいって、書類を手にとると背を向けた。楠木も視線を逸《そ》らすと、捜査員たちはわらわらと散っていった。

伊吹は少しばかり表情を険しくしたが、苦言を呈するほどではないようだった。ぶらりとその場を離れ、こちらに歩いてくる。

嵯峨はなぜか顔をそむけてやり過ごそうとした。

ああいうタイプの男は苦手だった。臨床心理士の同僚にはひとりとして存在しない人種。いかにも力が強そうで、存在感があって、ひどくつきあいにくい。はっきりいえば粗野だ。ところが伊吹は、嵯峨の前まで来ると、顔をのぞきこんで声をあげた。「ああ！」

「な」嵯峨はびくっとした。「なんです？」

「きみ嵯峨先生だろ？　違う？」

「そうだけど……」

「やっぱりなあ。そうじゃないかと思った。臨床心理士なんだよな？　美由紀の同僚の」

「ああ。初めまして、伊吹さん。ええと、名刺あったかな」

「いいって。職場なら知ってるよ。一度行ったことがあるし。あれだろ、日本臨床心理士会事務局だっけ、本郷の」

「正解……。伊吹さん。たしか茨城の百里基地に勤務してるんだよね？　様子見だけのために、わざわざここまで来たの？」

「質問するのかい？　美由紀みたいに顔見て考えがわかるんじゃないの？」

嵯峨は戸惑った。「そりゃ臨床心理士としては表情と感情の相関関係は勉強してるけど……。美由紀さんみたいにはいかないよ。パイロットみたいな動体視力はないしね」

「そうか。いや、安心したよ。あいつ、俺の知ってるころからはずいぶん変わっちゃってさ。誰でも、知ってる女が千里眼になったって聞いたらびびるよな。見抜かれちゃまずいことも多々あるしな。そうは思わないか？」

「まあ……そうだね。でも、本当の千里眼ってわけではないし。美由紀さんの場合は、〇・一秒以下の表情の変化も見逃さないっていうだけで、あとは臨床心理学の普遍的な知識が支えてることだよ」

なぜか喉《のど》が渇く。嵯峨は会議テーブルのミネラルウォーターを手にとり、口に運んだ。

伊吹は頭をかきながらきいた。「美由紀のいまの彼氏、嵯峨先生？」

一瞬息が詰まり、水を吐きだしそうになった。嵯峨は激しくむせた。

「おいおい」伊吹がいった。「だいじょうぶかよ」

「ああ……。冗談きついよ。なんで僕が美由紀さんと？」

「いや、おとなしくて真面目そうだから、案外合うんじゃないかと思って」

「美由紀さんに釣り合う男性はなかなかいないよ。……っていうより、彼女のほうで恋愛は拒絶すると思う」

「拒絶？　どうして？」

嵯峨は声をひそめた。「美由紀さんは他人の恋愛感情についてはまるで意に介さない。つまり、恋愛の概念が理解できていないんだ。実体験に基づく感覚が乏しいから、他人がそういう感情を抱いていても、表情から読みとることができない」

「俺とはいちおう、つきあってたぜ？」

「深い仲だった？」

「ひところは同棲《どうせい》してたからな」

「いや。僕がいいたいのは、そのう……」

「……わかる」伊吹は真顔になった。「ふたりとも二十代だったってのに、別々に寝てた。中学生並みにプラトニックな関係でね。誰も信じちゃくれないが」

「僕は理解できるけどね……。ひょっとして、その結果が……」

「そう。それ以上の関係には発展せずに離ればなれだ。無理もないだろ？　まるで兄妹が交わるかのような嫌悪をしめすんだから。いちど強引に誘ってみたが、撃退されてね。あいつ、本気で反撃しやがった。で、俺は肩を脱臼《だっきゅう》した」

「その種のことに激しい反発が生じるのは、美由紀さんの特徴だといえるね。解離性障害も疑ってみたんだけど、もっと複雑みたいだ……。彼女は、男性が女性を暴力で屈服させることを許さない。性的な事情が絡むと、手に負えないぐらいになる」

「まあたしかに、幹部候補生学校でも美由紀に夜這《よば》いをしかけた男が半殺しになったと聞いたな。だが、いつもそうってわけでもないだろ。百里基地にいたころ、あいつの友達の女性自衛官がストーカー被害に遭って悩んでたが、美由紀はその男をしっかり説得したそうだぜ？」

「美由紀さん自身の問題じゃなく、他人についての相談だったからだろうね。でもそういう場合でも、たびたび暴走することがある。今回のようにね」

「なにが引き金になってるんだろうな？」

「そこなんだけどね。冠摩事件のとき、篠山正平《しのやましようへい》が妻の里佳子《りかこ》さんに大きな心の傷を与えたのに、美由紀さんはあくまで理性的だった。だから暴走のきっかけは必ずしも男女間の問題が絡んだときではない。一方で、つい先日、ある出会い系サイトに関することで美由紀さんは喫茶店のウェイターを追及してたけど、胸ぐらは締めあげていても決して暴走まては至ってなかった。ところが途中から、怒りの形相に変わってね」

「どんなきっかけだった？」

「サイトの男性会員が四十代以上と聞いたあたりだったと思う。それと、かつて米軍兵士にいたずらされた須田知美さんのように、十代の少女が被害者の場合にも、美由紀さんは激しい怒りを燃やすようだ」

「じゃあ、親の世代が子の世代を弄《もてあそ》ぶとか、そういうことに腹を立てやすいってわけか」

嵯峨は首を横に振った。「氏神高校事件では五十嵐《いがらし》親子を平和的に仲裁してる。たぶんこれは被害者が少年だったからだと思う。性的犯罪でもなかったし」

「で、嵯峨先生はどんなふうに分析してる？」

「加害者が四十代以上の男性か、もしくは被害者が十代以下の少女だったりすると、最も凶暴になる。必ずしもその例に当てはまっていなくても、それに近い状況であればあるほど、激昂《げっこう》しやすいってことだね。いかなる規則を破ろうと、自分の将来を棒に振ろうとかまわないという態度になり、加害者を徹底的に打ちのめそうとする」

「ってことは……」

「そう」嵯峨はうなずいた。「これらのケースのいずれも、ある事象を連想させる。父親の、娘に対する性的暴行。美由紀さんが理性を失う原因があるとすれば、おそらくそれだ」

惨劇

隅田川花火大会当日の正午すぎ、青空が広がり、夏の陽射しが降り注いでいた。

岬美由紀は代々木公園にいた。広大な緑地のあちこちでフリーマーケットの出店がある。きょう、都内で催されるフリマはここしかなかった。

広場をめぐってみたが店の数は膨大で、人出も多くてとてもひとりの男を見つけられる状況ではない。

困惑して、噴水の近くのベンチに腰を下ろした。週刊インシデントを取りだして、グラビアページを開く。

南米風の男が敷物の上にアンティーク小物を並べ、商売をしている写真。手がかりはこれだけだった。この光景がきょう都内にあるとすると、おそらくここだ。しかし、その居場所を特定するのはひどく困難だった。

菖蒲町から都内に舞い戻ってからはずっとネット難民の生活だった。インターネット・

カフェは便利だ、シャワーもあればコインランドリーもある。あちこち擦り切れたデニムも、ヴィンテージ風に見えて不自然さはない。

何日も個室に潜んで考えあぐねた結果、当日の動きを押さえるしかないという結論に達した。ノウレッジ出版は花火大会に大惨事を引き起こそうとしている。この未来の雑誌記事に、シナリオが断片的に明かされている。それを追うしかない。

もうすぐ午後一時、写真の店主が日本人男性と取り引きするという時間だ。ぐずぐずしてはいられない。

写真にほかに手がかりはないだろうか。美由紀は何日も眺めた写真を、食いいるように見つめた。

きょうここで起きることをあらかじめ撮ってあるのだとすると、フリーマーケットでも同じ場所に出店しているはずだ。

男の前に並んでいる小物が気になる。銀の燭台からうっすらと煙が立ち昇っていた。撮影の寸前までロウソクに火をつけていたのだろう。あるいは、火のついた状態で撮影しようとしたのかもしれない。

なぜ消したのか。火がついていたのでは、不都合があったのか。

しばらくロウソクを眺めるうちに、その上部が斜めになっていることに気づいた。

点灯したロウソクの蠟《ろう》は溶けていき、上部は地平に対し平行になるはずだ。それが斜めになっているということは、ロウソクそのものが傾いていたのだろう。

はっと息を呑《の》んで、美由紀は立ちあがった。

坂だ。この男は坂道に出店している。写真は、坂道に垂直に立ったカメラマンによって撮影されているため、そうは見えない。しかし、ロウソクの火はまっすぐ空に向かって立ち昇ったため、場所がばれることを嫌って消したのだろう。

美由紀はフリマの案内のチラシを見た。

公園内のほとんどの領域がフリマ出店可能になっている。ほとんどが中央広場だが、展望デッキに続くなだらかな昇り坂の道沿いにも出店がある。

すぐに美由紀は駆けだした。人ごみのなかを縫い、ときおり制服警官を見かけるとなにげなく方向を変えてやりすごし、徐々に坂に接近していった。

息を弾ませながら、その坂道を登っていく。両脇には敷物が隙間なく並び、出店者がひしめきあうように座っている。

やがて、視界の端にとらえた光景に、美由紀はどきっとした。

いた。

あの写真の通りの男が、タイル張りの壁の前に座っている。壁には例の綴《つづ》りの間違った看板があった。Ｆｒｅｅ　Ｍａｒｋｅｔ。

並べてある商品も写真と寸分たがわない。売れ筋の物がないせいか、彼の前で足をとめる客はいなかった。

南米風の男は暇そうに伸びをした。その手が、頭上の松の木の枝に当たった。写真には写っていなかったが、この坂道の並木は松だった。

男はゆっくりと立ちあがると、木に向き直り、枝から松ぼっくりをいくつか引き抜いた。それらを手のなかで弄びながら、また敷物の上に座る。

爆弾の密造業者とは思えない怠惰な態度、隙だらけだった。やはり彼もエキストラなのだろう。

目が合いそうになったため、美由紀は手近な店を覗《のぞ》くふりをした。

しばらく時間が過ぎた。やあ、という声がふいに耳に飛びこんできた。

美由紀は呼びとめられたのかと思い、あわてて顔をあげたが、声をかけられたのは例の南米風の男だった。

頭の禿《は》げた青いスーツ姿の日本人男性が、カバンを片手に歩いてくる。サングラスをかけた目で、周りをきょろきょろと見回していた。いかにも不審な行動だ。

青いスーツの男は、南米風の男の前に立ってきいた。「例のもの、用意できたか」

「ああ」相手は流暢《りゅうちょう》に答えた。「できてるよ」

「威力のある爆発物らしいな」

「まあな。C4と同じぐらい強力だ。ダイナマイトの二倍の爆速があるんだぜ」

隣りの店を見物しているふりをしながら、美由紀は思わず苦笑しそうになり、口もとを手で押さえた。

なんという下手くそな芝居だろう。セリフまわしが不自然すぎる。表情もこわばっていた。ひとこと発するたびに、下瞼《まぶた》と頬が同時に痙攣《けいれん》する。心の籠《こ》もっていない発言、つまり演技であることを表している。セリフも、どこかの小説をつぎはぎにしたようなものだ。それでもふたりは、大声で爆弾に関する談義をつづけている。通行人の何人かは妙な顔をして、彼らを振りかえっていた。

怪しい男たちがいた、そういう記憶を不特定多数の脳裏に刻みこむためのパフォーマンスだった。のちに週刊インシデントが発売されたとき、そういえばこんな奴らを見たという目撃情報があればしめたものだと、版元は考えているのだろう。

南米風の男は、黒いスポーツバッグを手渡してから、松ぼっくりを投げて寄越した。

「こいつはおまけだよ」

青いスーツが笑った。「爆発はしねえだろうな。じゃ、金は指定の口座に振りこんでおくからな。仕事があるんで、失礼する」

「ああ。幸運をな」

男が立ち去ろうとしている。美由紀はそれを追おうと身体の向きを変えた。

ところがそのとき、立ちふさがったアロハシャツ姿の男が、美由紀の腹部になにかをあてがった。

「なにを……」

身を退《ひ》かせる暇もなく、痺《しび》れるような痛みが全身に走った。

スタンガンだった。それも改造して電流を強化したものだ。美由紀は痙攣したまま前のめりに倒れ、男がそれを抱きとめた。

周囲の人々がこちらを見たが、すかさずアロハシャツの男が笑いながらいった。「参ったよ。陽射しが強いから帽子被《かぶ》れって言ってるのに。救急コーナーはどこかな?」

あっちですよ、という女性に、アロハシャツは答えた。どうもありがとう。

違う。美由紀は叫ぼうとしたが、声がでなかった。腕も脚も感覚が麻痺《まひ》して、力が入らない。

男は美由紀を抱きかかえたまま歩きだした。混みあう歩道から外れて、芝生の丘陵地帯をゆっくりと下る。

耳もとで男が囁《ささや》いた。「油谷社長が会いたがってる。おとなしくついてくるんだな」

油谷。ノウレッジ出版の経営者の名だ。やはり、こんなやくざ者を雇っているのか。

わたしを探しているのは警察だけではない。迂闊《うかつ》だった。

だが美由紀は、痺れが少しずつ和らいでいることに気づいた。

意識はあるのだから心臓は停止してはいない。随意筋の運動が不能になっているが、ほんの一時的なものだ。現に、引きずられているつま先の感覚が戻りつつある。指先を動かすこともできる。

ふつうの女性なら、麻痺はもっと長くつづくのだろう。感電に伴い、精神的なショックも尾をひくからだ。だがわたしに、そんな副作用はありえないと美由紀は思った。血のめぐりとともに、神経と筋肉は正常反応に戻っていく。急速に回復していく。

美由紀は、そのことを悟られまいと、ぐったりと全身の力を抜ききった。男はわたしを警戒していない。動けなくなっていると信じている。充分回復するまで、このままにしておけばいい。

芝生を抜けてサイクリングコースに差し掛かった。

後方から自転車が接近する音がした。男はわずかにあわてたようすで、道端に避けた。

その動作の隙を突いて、美由紀は全身に力を戻し、男の腰を両腕で思いきり締めあげると、蝦反《えびぞ》りになってバックブリーカーをかけた。

男は悲鳴とともに後頭部をサイクリングロードの路面に打ちつけ、苦痛に顔をしかめながら転がった。

「このアマ！」男はスタンガンを取りだすと、美由紀の脚を狙ってきた。

だが美由紀は男の腕を力強く踏みつけ、スタンガンを奪うと、男の首にあてがってスイッチを入れた。

青白い光とともに弾《はじ》ける音がして、男は一瞬の叫びとともに大の字になってのびた。

スタンガンを投げ捨てたとき、周囲の人々が唖然《あぜん》としながらこちらを見ていた。

ずいぶん人目がある。ここで男を締めあげて吐かせることはできないだろう。通報されないうちに、別の手がかりを探したほうがいい。

美由紀は駆けだし、いま来た道を引きかえしていった。南米風の男か、その取り引き相手。どちらもエキストラに違いないだろうが、その雇い主を突き止めねばならない。

だが、坂道にまで舞い戻ったとき、南米風の男は敷物ごと姿を消していた。

周りを見渡したが、彼からバッグを受け取った男も見当たらない。

あのバッグに本物の爆発物など入ってはいないだろうが、その行方を追えないとなると……。

週刊インシデントを取りだした。該当ページを開く。記事には、午後三時の出来事が記載してあった。レインボーブリッジの下にジャケットが漂流。

走りだした美由紀は、階段を駆け降りて駐車場に向かった。移動手段は、状況によって判断するつもりだった。

駐車場を眺め渡したとき、適当な足はすぐに見つかった。薄汚れたヤマハのYZF1000Rがエンジンをかけたまま停めてある。

持ち主らしき人物は、すぐ近くのクルマを覗きこんで談笑しているツナギを着た男だろう。知人に会ったか、待ち合わせしていたかだ。どちらにしても彼にとって不幸な日には違いなかった。

美由紀はバイクにまたがった。ヘルメットがほしいところだが、持ち主が被っている以上はそうもいかない。

足つきはよくなかった。ほとんどつま先立ちだ。それでも贅沢《ぜいたく》はいってられない。美由紀はバイクを発進させた。油圧式のクラッチがかなり堅くて重い。スロットルの音を聞きつけて持ち主が振りかえった。突然の事態に思考がついてこないのか、とっさに駆け寄ってはこなかった。美由紀が駐車場の出口にさしかかったとき、ようやく叫ぶような声がした。

明治通りを首都高速の入り口めざして走る。トルクは充分だ。ただノーヘルなだけにパトカーに見つかるとやっかいだった。料金所は突破せざるをえないだろう。

ここまできて、惨劇を発生させるわけにはいかない。明日発売の週刊インシデントがノンフィクションとなるのを、黙って見過ごすわけにはいかなかった。事件《インシデント》で泣く者がいるとすれば、それはノウレッジ出版の関係者のみだ。

海水

首都高三号渋谷線から一ノ橋ジャンクションに向かい、都心環状線に入ったところで、美由紀は退避用の側道にバイクを乗り入れ、通行するクルマから見えないように手前の壁にぴたりと這《は》わせて停めた。

いったんバイクを降りて、美由紀自身も死角に隠れて座った。付近に監視カメラはない。ここでなら、しばらく休める。

上着が発見されるのは午後三時だ。あまり早く出かけても時間の無駄になるし、警察の目につく可能性も高まる。

二時半をまわったころ、美由紀はふたたび始動した。バイクに乗って側道をでると、浜崎橋ジャンクションからレインボーブリッジへと向かう。

美由紀はスロットルを全開にして橋へのスロープを昇っていった。花火大会当日だ、上下線とも交通量は多いが、バイクはすり抜けて走ることができる。遅れをとることはなかった。

橋に入ってすぐ、二箇所ある主塔の芝浦側で、バイクを路肩に寄せて停めた。主塔はこの真下に伸びている。腕時計を見ると、午後三時まであと七分足らずだった。

橋の上に延びるこの高速道路に歩道はない。人が降りることを想定していないため、縁の手すりは低かった。美由紀はそれを乗り越えると、主塔の側面にある鉄製のはしごにしがみついて、海面へと降りていった。

高さは五十メートル、風はひどく強い。潮のせいか足場も滑りやすくなっていた。遠目には美しく映えるレインボーブリッジも、顔をくっつけんばかりにして見れば錆《さび》とひびだらけだった。足場もあちこち外れている。踏み外したら一巻の終わりだった。

それでも、昇るよりは楽なのはあきらかだった。美由紀は猛然とはしごを降り続け、遂に主塔下部のコンクリートの上に降り立った。

満潮のようだった。海面までほんの数メートル、緑いろの苔《こけ》が足もとにひろがっている。磯の香りが鼻をついていた。波打つ東京湾の海面はヘドロでどす黒く染まり、魚一匹生息できそうにない。それでも、餌を求めてウミネコが飛び交っている。

そんな海面に美由紀は目を凝らした。午後三時にこの辺りで目撃情報があるのだとすれば、もう見えるはずだ。

やがて、シーバスが通り過ぎていった航跡の白い泡のなかに、青く浮かぶ布きれのようなものが見えた。

ここから約三十メートル。迷っている状況ではなかった。

美由紀は海に飛びこんだ。クロールで泳ぎ、漂う物体を目指した。

水中で目は開けられるものではない。実際、この海水は油のように、半固形で身体にまとわりつくように感じる。服が水を吸って急速に重くなっている。早く辿《たど》り着かないと身体が持ちそうにない。

やっとのことで、まだ泡の残る一帯に漂っていた目当ての物体を確保した。たしかに上着だ。それも、さっき代々木公園にいた頭の禿《は》げた男が着ていたものだった。

それを手に美由紀はさらに泳ぎつづけ、芝浦ふ頭近くにある波消ブロックが積みあげられてできた人工島に行き着いた。

ひどく重みを感じる身体を引き揚げて、コンクリート製ブロックの上に座る。

手にいれた上着のポケットのなかをまさぐった。これを警察に回収させるつもりだったのだから、事件に結びつく手がかりを故意に放りこんであるだろう。

サイフがあった。なかには濡《ぬ》れた札束と、数字を走り書きしたメモ、コインロッカーの鍵《かぎ》、赤いポーカーチップがあった。

美由紀はため息をついた。もっともらしく謎めいたアイテムばかりだが、これらの品々は雑誌記事にも書いてあった。すなわち、故意に用意されたものだ。読者に謎を投げて興味を引くためのものでしかない。やがてなんらかの解答が与えられるのだろうが、それも雑誌側がこしらえたフィクションにすぎない。

結局、後手にまわってノウウレッジ出版のシナリオをなぞっているだけだ。真実を看破することはできないのか。

雑誌記事には、上着が「これより早い時間に勝鬨橋の下に漂っているのを見たという目撃証言も多く、隅田川方面から流れてきた可能性が高い」とあった。実際に隅田川で上着を放りこみ、ここまで漂流させたのだろう。潮の流れは案外速い。充分にありうる。

頭の禿げた男が次になんらかの工作を働くつもりで隅田川に向かったのだとすると、上着を放りこんだ地点は重要な意味を持っているにちがいない。

しかし、その場所を特定することはとても不可能だ。勝鬨橋より上流の十キロメートル以上がその対象になる。

これまでか……。

そう思ったとき、上着のポケットから転がりでたものがあった。

松ぼっくりだった。

あの南米風の男が暇つぶしに松の木からもぎ取っていた物か。頭の禿げた男と接触し、爆弾の引き渡しの芝居を演じたあと、ついでにと渡していた。

あれは決められた演技ではなく、アドリブだった。ふたりの表情筋が一瞬、緩んだのを覚えている。本人たちも冗談めかして、ふざけあったのだろう。

ふと、美由紀のなかにひとつの仮説が浮かんだ。

指先に力をこめて、松ぼっくりを割った。

なかから、液体がにじみでてくる。

美由紀はその液体を指先につけ、なめてみた。

からい。海水だった。つまりこれは……。

一尺玉

ノウレッジ出版の油谷尊之社長は、でっぷりと太った身体をパイプ椅子にあずけて天井を仰いだ。

本社の応接室のソファが恋しい。ただ、この社運を託した仕事を無事見届けるまでは、居心地の悪い環境でも我慢せねばなるまい。

隅田川沿いの木造家屋、築四十年以上は経過しているとおぼしき老朽化の激しい古民家だった。下町には、こういう家がよくある。誰も買い手のいない物件を購入したのは、きょうという日の恰好《かっこう》の隠れ家として用いるためだった。

がらんとした板張りの部屋に、社員たちがあわただしく出入りしている。カメラマンたちはすでに出払い、居残っているのは計画の核となるスタッフばかりだ。

週刊インシデント編集部の野寺敏文が、緊張の面持ちで直径三十センチほどのカーキいろの球体を運んできた。重量はそれほどでもないようだが、慎重にテーブルに置く。

「それか？」と油谷はきいた。

「ええ」野寺は額の汗をぬぐいながらうなずいた。「一尺玉、つまり十号玉ってやつでして。打ち上げ後、上空でひらく花火の直径は二百八十メートルにも及ぶんです」

「高くついたのか？」

「とんでもない。花火ってのは、世間が思っているほど高くないんです。この一尺玉で六万円ぐらいですよ。費用がかかるのは打ち上げのほうです」

「そっちは大会のほうがお膳立てしてくれてるわけだ。で、細工のほうは済んでるのか？」

「当然です。星に使われる石膏《せっこう》の代わりに本物の小石を無数に入れてあります。黒色火薬の発射薬を取り除いて、割薬のみとし、導火線も短くなってます。これで火をつけたとたん、上空に飛ぶことなく爆発して、一帯に小石を飛び散らせるわけです。クラスター爆弾並みの殺傷力ですよ」

「爆風も吹き荒れるのか？」

「半径三百メートル圏内は人であれ家屋であれ、跡形もなく木端微塵《みじん》でしょうね。史上最悪の花火事故ですよ」

「事故か……。飛び散った小石が疑われなきゃいいがな」

「だいじょうぶです」野寺はにやりとした。「隅田川の河川敷で拾った石を使ってますから。一尺玉に細工が施されていたなんて、誰も想像がつきませんよ」

ふっ。思わず笑いが漏れる。油谷はいった。「悪知恵の働くやつだ」

「明日の創刊号で、代々木公園のフリーマーケットで爆発物の取り引きがあったことや、その男の上着が東京湾に浮いていたことが記事になり、話題を集めます。実際に目撃した人々の証言もあいまって部数が伸びたところで、たぶん警察がうちに事情を聞きに来るでしょう」

「事情聴取を受けたところで、それも記事にし、さんざん引っ張った挙句、当局が事故と片付けて幕になる。六週で一千万部は堅いな」

「それ以上ですよ」野寺は一尺玉に手を伸ばした。「じゃ、運びます」

「頼む。くれぐれも慎重にな」

油谷は扇子で首すじを扇《あお》いだ。この暑さはどうにもならん。かといって、こんな古家に冷房の室外機を置いたのでは目立つ。計画は慎重を期さねばならない。

ふと、自分の覚悟がどれほどのものか気になり、みずからに問いかけてみる。罪悪感はあるか。

ない。皆無に等しい、そういいきれる。ここまで私を追い詰めたのは、せこくて世知辛い日本の出版界の実情だ。私に非があるわけではない。

『夢があるなら』は一年以上にわたり多くの金を稼がせてくれたが、そろそろ収益性にも陰りが出始めた。硫化アリル混合インクの効力の持続には限度があるし、あのいまいまい新古書店チェーンなるものに本が出回るころには、終盤のページを開いたからといって涙腺《るいせん》が刺激されることもなくなる。よって、さっぱり泣けない本という悪評が広まってしまう。

大手出版社の部長職を辞してまで新しい版元を設立した立場上、ビジネス面で敗北を喫するわけにはいかない。それで売り上げに期待できる写真週刊誌の創刊をきめた。そこには目玉となるスクープが必要だ。それも、インターネット時代の情報の早さに負けないニュース性を含んでいなければならない。

隅田川花火大会の大惨事、その背後に潜むテロ疑惑。まさしく創刊号を飾るにうってつけの記事だ。すでに二百万部の印刷を終え、全国の雑誌流通センターに運送されている。明朝、全国民は衝撃を受けるだろう。

だが一方で、きょうの工作がうまくいかなかったとき、悲惨な状況が待っている。花火大会が無事に閉幕したとあっては、雑誌記事は紙くず同然だ。『夢があるなら』の収益をすべてつぎこんでいる以上、雑誌が失敗すればノウレッジ出版に未来はない。

「野寺」油谷はきいた。「だいじょうぶだろうな？　不発に終わるなんてことはないだろうな？」

「ご心配なく」野寺は一尺玉を黒革のスポーツバッグにおさめながらいった。「未来は雑誌にある通りですよ。よし、運べ」

屈強そうな身体つきの男たちがスポーツバッグを手に、勝手口に向かう。知人の暴力団員から適当な人材を見繕ってもらい、雇い入れていた。万が一、いざこざがあったとしても、あの連中なら頼りになる。

「社長」野寺が時計を見た。「七時をまわりました。もう外は暗いですよ。行きましょう」

「そうだな」油谷は肥満しきった身体を椅子から起きあがらせた。「早く行かんと。この辺りは焼け野原だからな」

笑いながら玄関に向かう、そのときだった。

勝手口のほうで騒々しい音がした。次いで、男の悲鳴があがる。古家がきしみ、砂埃《すなぼこり》が舞った。

板張りの床に、スポーツバッグを運んでいた男が背中から叩《たた》きつけられた。宙に放りだされたバッグを、片手で受け取った女がいる。

油谷はその女を見つめて、ぎょっとした。

菖蒲町の製本所の防犯カメラに映っていた女。デニムの上下を身につけた、すらりとしたボディラインの美人が、冷ややかな目でこちらを見つめていた。

隅田川

岬美由紀は醒《さ》めきった気分で、古民家の居間に巣食う犯罪者たちを眺めていた。

あのセイウチのような身体をした男が社長か。食欲《どんよく》すら抑制できない貪欲さが卑しい顔つきに表れている。やくざ者を雇っているとおぼしき社員どもも同様だった。

社長の油谷は青ざめた顔でつぶやいた。「な……なんだ？　どうしてここが……」

「知りたい？」美由紀はポケットから、割れた松ぼっくりを取りだした。「これが教えてくれたの」

「あ、それは」声をあげたのは、油谷の近くにいた男だった。

その男は代々木公園で南米風の男との取り引きを演じていた、青い上着の持ち主だった。いまはワイシャツ姿だ。

「そう」美由紀はいった。「あなたの上着に入ってたの。松ぼっくりって、乾いている状態だと表面の鱗片《りんぺん》に隙間が開いて、湿気を帯びると堅く閉じるのよ。晴れの日にのみ、中身の種を風で散布するためにね。あなたはこの隠れ家に帰ってきて、すぐ近くの隅田川に上着を放りこんだ。そのとき、この実は川の水を内部に封じこめた。でもそれは塩水だった」

「塩水だ？」

「つまり海水だったってこと。勝鬨橋よりも上流から流されたのに、真水じゃなかった。きょうは満潮だったから、海水が隅田川を逆流してあがってきているのよ。区役所の環境課に電話して聞いたら、勝鬨橋より十メートルほど上流までそうなるって言ってた。それぐらいなら捜索範囲としては広くないから、怪しい家を片っ端から訪ねたの。おかげで、苦労の甲斐《かい》はあったようね」

油谷は愕然《がくぜん》としたようすだったが、やがて怒りのいろを表しながら怒鳴った。「誰なんだ、おまえは。警官じゃないんだろ？　なぜわれわれを尾《つ》けまわすんだ」

「国民には知る権利があるの。報道に携わっておいでだからわかるでしょ、社長」

「このクズ女め」油谷は周囲に告げた。「なにしてる、野寺。一尺玉を取り戻せ！」

野寺と呼ばれた男が居間に面した台所に飛びこみ、出刃包丁片手に駆け戻ってきた。

だが美由紀は虎尾脚というハイキックを放って野寺の胸部を蹴《け》り飛ばした。野寺が壁に叩きつけられたとき、別の男が美由紀の背後から羽交い絞めにしてきた。

男を振りほどくため、スポーツバッグを放さざるをえなかった。美由紀は男の手首をつかみ、合気道の片手取り四方投げで床にねじ伏せた。

なおも起き上がろうとするその男の顔にも、見覚えがあった。フリーマーケットにいた南米風の男だ。男は怒鳴り散らした。「ふざけやがって。あばずれが」

やはり外国人らしい見た目というだけの日本人か。美由紀は男の頭部を蹴り飛ばした。男はぐったりとして床にのびた。

そのとき、油谷が巨体を揺らしながらスポーツバッグを拾いあげて、勝手口に駆けていった。

あの肥満体からは想像もつかない俊敏さだった。美由紀はすぐに後を追った。

勝手口を出ると、そこは夜の闇に包まれた隅田川沿いだった。すでに大勢の人々が繰りだし、上空には花火がひらいている。歓声とともに、警官が拡声器で告げる声もきこえる。会場までは立ちどまらないでください。

浴衣《ゆかた》姿の若い女性たちが通行するなかを、隙間を縫うようにして油谷が川へと向かっていくのが見えた。土手の階段を駆け降りていく。

勝鬨橋に近いこの一帯には、川辺に数多くのボートが繋留《けいりゅう》してあった。油谷は小型モーターボート、ベイライナーに飛び乗ると、ロープをほどき、エンジンをかけた。

美由紀が階段を駆け降りようとしたとき、油谷はボートを発進させた。船首は下流に向けてあったが、急速にUターンして上流へと向かう。

逃がしはしない。美由紀は、追跡可能なボートを求めて目を走らせた。

新しい船体なら推力もあるだろうが、クルマと同じでキーなしにはエンジンを始動できない。

ヤマハの古いモーターボートがある。あれなら直結が可能かもしれない。

すぐさま美由紀は階段からボートの屋根に飛び移り、キャビンに滑りこんだ。

小型船舶操縦士免許なら防衛大で取得した。操舵《そうだ》およびメカニズムについて概要は理解できている。

船尾に身を乗りだし、水のなかに手を突っこんだ。クランクシャフトの先端にあるフライホイール付近にあるカバーを外し、コードを引き抜く。側面のカバーも開けて、冷却水タンクに沿って伸びるリード線を外し、コードと接触させた。

奮い立つような音とともにディーゼルエンジンが作動した。強引な方法だが、これで推力だけは得られる。

モーターボートは前進を始めた。美由紀は操舵席におさまりライトを点灯させると、舵《だ》輪《りん》を回して進路を変えた。油谷同様、こちらも目指すのは上流だ。

脅し

油谷は必死の思いでモーターボートを飛ばし、浅草付近にまで達した。

満潮だけに河川敷は狭く、中洲のようにわずかに水面上に浮かびあがった島が、花火の発射地点だった。無数の打ち上げ管が並び、ヘルメットをかぶった職人たちが入り乱れて作業に従事しているのがわかる。

発射音はすさまじかった。鼓膜が破れそうなほどだ。閃光《せんこう》が視界を覆うたびに、突き上げるような衝撃が襲う。それからヒューンと花火の飛んでいく音がして、上空に華開く。

ボートを横付けし、油谷はスポーツバッグを片手に発射地点に降り立った。火薬庫がわりにテントが張ってあって、花火の玉が一個ずつぴたりとおさまる立方体の木箱が、棚に整然と並んでいる。

油谷はそこをうろついて、目当ての物を探した。

そのとき、職人のひとりがやってきて、眉《まゆ》をひそめた。「どなたですか？　こんなところで何してるんです」

「一尺玉はどこだ？」と油谷はきいた。

「その棚ですけど……」

職人が目を向けた先に、横一列に整然と並んだ一辺三十センチほどの木箱がある。最大のサイズだけに、そう多くはない。ぜんぶで七箱だった。

ただちに油谷は、その左端の箱におさまっていた一尺玉を取りだし、スポーツバッグのなかにあった一尺玉と取り替えた。

「なんです？」職人が戸惑ったようにたずねる。「その玉はどこから……」

「心配するな。不良品が交ざっているときいて、交換に来ただけだ」

「不良品？　そんなはずはないですけど」

いちいちうるさい男だ。手をだされたのではかなわない。油谷は、一尺玉の箱を次々と動かし、無作為に並べ替えた。それも男に背を向け、見られないようにおこなった。

油谷自身もどれが細工した一尺玉かわからなくなると、満足して棚から離れた。

これでよし。職人は腑《ふ》に落ちない顔をしているが、もう花火大会は進行中だ。黙々と作業をつづけるしかない。いずれ一尺玉に手を伸ばすだろう。

「邪魔したな」といって油谷は、引き揚げようとした。

ところが、行く手にひとりの女が駆けこんできた。

息を呑《の》んで、油谷は立ちどまった。またこの女か……。

「爆弾はどこ？」女は息を弾ませながらきいた。「その一尺玉のなかに交ぜたんでしょ？どれなの？」

「さあ。なんのことかな」

「とぼけないで。表情を見れば隠しごとをしてるってわかるのよ」

そのひとことで、油谷は女の素性にピンときた。

「これはこれは」油谷は首すじを掻《か》きながらいった。「岬美由紀さんかね。道理で。噂どおりの千里眼ですな」

「大勢の人を殺して雑誌の部数を伸ばそうなんて、馬鹿なことを考えたものね」

「さて。どちらが馬鹿な考えですかな。花火の発射地点は立ち入り禁止のはずでしてね。間違って迷いこんだはいいが、さっさと退散しなくては。失礼する」

「待って」美由紀は妙に冷静な口調でいった。「あなたが持ちこんだ一尺玉、処分させてもらうから」

「なんのことだね。そんな物があるとして、いったいどれだというんだね？　まさか、一尺玉の連続打ち上げを中止しようというのかね。顰蹙《ひんしゅく》もんだよ。今大会のクライマックスだからな」

美由紀は黙りこんだ。

ほらみろ。油谷は腹のなかでせせら笑った。千里眼と評判を呼ぶ女も、実際に会ってみればこんなものだ。

ところが美由紀は、顔いろひとつ変えずに職人にきいた。「この油谷さんが、どの箱に一尺玉を入れたかわかる?」

「いちばん左端だったようですけど」

「ありがとう」と美由紀は棚に近づいた。

油谷はあわてていった。「おいおい、岬さん。私は箱をでたらめに動かしたんだよ。何もわかるはずがない。触らないほうが身のためだ」

「そうでもないわよ」美由紀は平然といった。「ねえ油谷さん。三時に東京湾に漂う上着を見つけて、あなたたちの企《たくら》みも居場所もおおよそ判って、でもわたしが現れたのはついさっき、七時ごろ。どうしてそんなに時間がかかったと思う?」

「なに……?」

「雑誌に書いてあった被害状況から一尺玉に細工するってことぐらいわかってたし、勝鬨橋の近くにある不審な古家にも気づいてた。それでもすぐに行かなかったのは、先にやるべきことがあったからよ」

妙な気配だ。岬美由紀の言動は自信に溢《あふ》れている。

緊張をほぐすために油谷は笑いながらいった。「ハッタリだろう？　きみはなんの手段も講じてはおらんよ」

「そう思うのは勝手だけどね」美由紀は箱を眺めまわすと、そのうちのひとつから一尺玉を引っ張りだした。「これね」

「……なぜそうだと言い切れる」

美由紀はからになった箱を投げて寄越した。「それ、箱の外側に小さく1って書いてあるでしょ？　夕方ごろここに来て、左端の箱から順に番号をふっておいたの」

油谷は頭を殴られたような気がした。

箱に目を凝らすと、たしかに1とある。

棚に駆け寄って、ほかの箱を見つめた。油谷が並べ変えたせいでランダムになっているが、それぞれ同じ場所に数字が書きこんであった。3、6、2、4……。

「わかった？」美由紀は一尺玉をかざしていった。「これがあなたの持ちこんだ物。分解すればどんな細工がしてあるか、はっきりするわね」

こちらの出方をすべて読んでいたということか。箱を入れ替える可能性すらも考慮していたなんて。恐るべき女だ……。

ならば、できることはひとつだけだ。シラを切りとおすしかない。

「知らんな」油谷はいった。「なんの根拠がある？　その玉が私の持ちこんだ物だという証拠は？　箱に数字がふってあったというが、そんな曖昧《あいまい》な状況証拠で私を有罪にできるか？」

むっとした美由紀の顔が、打ち上げの閃光に一瞬白く浮かびあがった。

ぐうの音もでまい。この女も警官でない以上、こんな囮《おとり》捜査のようなやり方を裁判所に証拠として認めさせることはできない。岬美由紀が主張したすべての証言を合わせても、私に対する有罪判決を書かせることは不可能だ。

すると美由紀は、いきなり油谷の胸ぐらをつかんできた。

「おい、なにをする!?」

「悪いけど、つきあってくれる？」美由紀はそういって、油谷をテントの外に引きずっていった。

女とは思えないほどの腕力と握力だ。油谷はもがいたが、逃れることはできなかった。

職人たちが入り乱れる発射地点、そこかしこで垂直に立てられた発射管が火を噴いていた。

なかでも、ひときわ大きな発射管の前に、美由紀は油谷を連れてきた。

嫌な予感がする。油谷は額に流れる汗を感じた。

美由紀は発射管の側面に油谷を押しつけると、冷たい目つきで見つめてきた。

「な」油谷はきいた。「なにを……」

「わたし、追われてる身でね。知ってるでしょ、菖蒲町の製本所のほかにも、あちこち不法侵入してるし。もう嫌になったから、このへんで人生終わらせるのも悪くないかなってね」

その手には、細工済みの一尺玉が持たれている。

……脅しだ。

一尺玉を発射管に放りこむと言いたいのだろう。すでに死を覚悟している、だからためらわずにそれができると主張しているのだ。

陳腐なやり方だ。爆破させられるわけがない。こんなことで口を割るものか。

油谷は皮肉をこめていった。「どうぞ、おやんなさい。人の嘘を見抜けると豪語していたきみが、こんな安っぽい脅迫をしてくるとはね。がっかりさせてくれるよ」

次の瞬間、美由紀のとった行動は、完全に油谷の予測に反していた。

美由紀はバスケットボールのシュートのように伸びあがりながら、片手で一尺玉を発射管に投げいれた。

「おい！」油谷は驚いて叫んだ。「なにをしてるんだ⁉」

「あなたがやれっていったんでしょ」美由紀は油谷の喉《のど》もとをつかんできた。「せっかくだから、地獄にまで付きあってもらうわよ」

その妖《あや》しい光を帯びた目を見つめるうちに、油谷は狂気に巻きこまれたと確信した。

「放せ！」油谷はもがいた。「逃げないと一巻の終わりだぞ」

だが、美由紀の握力は緩まなかった。「あと数秒の辛抱よ」

「やめてくれ！」油谷は周囲の職人たちに怒鳴った。「おい！　こっちを見ろ。この女をどけてくれ！」

職人たちは振りかえった。しかし、誰もが眉《まゆ》をひそめて、互いに顔を見合わすばかりだ。

鈍い連中だ。油谷は腹を立てた。

「この女を排除しろと言ってるんだ！　早くしないとみんな終わりだぞ！　爆発するんだ、早く助けろ！」

だが、職人たちは困惑顔でゆっくりと歩み寄ってくるだけだ。

油谷の焦りは頂点に達した。「馬鹿な奴ら……わからんのか！　細工してあるんだ、石《せっ》膏《こう》の代わりに小石が入ってる。発射薬はなくて割薬だけなんだ、地上で爆発するんだよ！

死にたいのか！　助けろ。助け……」

耳をつんざく轟音《ごうおん》と、突きあげる衝撃が襲った。

まばゆいばかりの閃光《せんこう》をまのあたりにしたとき、油谷は人生の終焉《しゅうえん》を悟った。

終わった……。なにもかも……。

だが、またしてもその予測は外れた。

閃光はほんの一瞬で、辺りはまた暗くなった。ヒューンという音とともに、ひとすじの光が上空に向かって飛んでいく。

花火が開いた。一尺玉、直径二百八十メートルの巨大な華が夜空にひろがる。観衆のどよめき、それから一瞬遅れて、爆発音が轟《とどろ》いた。

油谷は呆然《ぼうぜん》としていた。

なおも夜空は、大小の花火によって彩られている。

死んでいない。自分だけではない、周りもだ。花火大会は、何事もなくつづいている。

呆気《あっけ》にとられながら、油谷は美由紀を見た。「なぜ……？」

「一尺玉の箱には、左からじゃなく右から順に番号をふったの。七箱あったから、あなたが一尺玉を入れた箱は1じゃなく7」

……なんてことだ。

私は、自白してしまった。こともあろうに、わざわざ大勢の職人たちに呼びかけて、一尺玉にどんな細工を施したかを説明してしまった。

笑っているのか泣いているのか、自分でもさだかではない、ただ情けない嗚咽《おえつ》に似た声が漏れていた。膝《ひざ》の力が抜ける。

油谷はその場にへたりこんだ。人生は終わらなかった。だが、すべてが終わった。

花火

花火の見物客でごったがえす隅田川沿いに、赤いパトランプの列が連なる。

蒲生誠は、その最後尾の車両にいた。

腕時計を見ると、もう七時をまわっている。やはり、こんな混雑状況では間に合わなかった。

運転席の制服警官に、蒲生はきいた。「あとどれぐらいだ?」

「すぐそこなんですが、動けません。スターマインが終わるまでは、車両が通行止めになっているようで」

「緊急車両が通行できなくてどうする」蒲生は吐き捨てて、ドアを開け放った。「行くぞ。運転している者以外はつづけ」

制服警官があわてて無線マイクを手にとる。蒲生は人を掻《か》き分けながら前方へと進んだ。

川岸までくると、そこにはロープが張ってあり、警備員が立っていた。階段を降りていくと、桟橋の向こうにみえる小さな島が花火の発射地点になっているようだった。ロープをくぐり、階段を駆け降りていった。背後からどたばたと足音がする。警官たちが、後につづいていた。

桟橋を渡って、島にたどり着く。火薬のにおいが鼻をついた。倉庫がわりになっているテントを抜けると、そこは無数の発射管が立ち並ぶ場所だった。

目を凝らすと、職人たちのなかに、この場に似つかわしくない人間がいた。ノウレッジ出版社長、油谷尊之が、そのでっぷり太った身体をだらしなく投げだして座り込んでいた。

岬美由紀の姿は、そのすぐ近くにあった。

薄汚れたその姿は、かつて中国で追われる身になった日々のことを蒲生に思い起こさせた。あのときも美由紀は、わが身を省みず奔走し、傷つき、倒れながらも、目的を果たすまであきらめることはなかった。

だが……。これは臨床心理士にふさわしからぬ暴走行為に違いない。

まずは、美由紀よりも先に身柄を拘束すべき人物がいる。美由紀から捜査本部宛に届いたメールをもとに、ノウレッジ出版に対する家宅捜索がおこなわれた。すでに経営者の逮捕状も出ている。

つかつかと油谷のもとに向かい、蒲生は告げた。「油谷尊之。殺人未遂などの容疑で逮捕する」

油谷は呆然としたまま、身動きひとつしなかった。

蒲生は私服警官に合図した。捜査一課の同僚が蒲生に代わって油谷に近づき、手錠をかけた。

職人たちがなにごとかと立ちすくんでいる。花火の発射は中断していた。

静寂のなか、蒲生が振りかえると、美由紀は無言でそこに立っていた。

真っ黒に汚れ、傷だらけになった顔はうつむき、力のない瞳《ひとみ》が虚空をさまよっている。

「美由紀」蒲生は声をかけた。「だいじょうぶか?」

「……蒲生さん」美由紀はつぶやいた。「爆発物の一尺玉は、7番の箱にあるわ」

「わかった」蒲生は、近くにいた制服警官に伝えた。「7番だ」

警官らが証拠品を押さえに駆けていく。蒲生はそれを見送ってから、美由紀に向き直った。

と、美由紀は力尽きたかのように目を閉じ、前のめりに倒れてきた。

蒲生はあわててそれを抱きとめた。「おい、美由紀! ……救急車を呼べ。早く」

美由紀は失神してはいないようだったが、ひどく呼吸が荒かった。

その額に手をあててみる。かなりの熱だった。

ため息をつきながら、蒲生は美由紀を抱きかかえて、桟橋のほうに歩きだした。

たったひとりの女性の無念を晴らすことに始まり、次々と浮かびあがる疑惑のすべてを解明しようとして、遂に凶悪犯罪を未然に防ぎ、諸悪の根源となっていた人物を逮捕させるに至った。すさまじいまでの執念だ。

だが問題は、その執念の行方だ。あまりにも過激すぎる。

上空には、別の発射地点から打ち上げられた花火がひらいていた。わずかに遅れて、音が地上に届く。そのタイムラグがなぜか恨めしかった。俺たちが真実に気づきうるのも、常に時間差を経てのことだ。これでは、美由紀の命をすり減らさせているようなものだ。警察組織は、なんの役にも立ってはいない。

法廷

花火大会から一か月後、岬美由紀は検察官による公訴を受け、被告人となった。

裁判は東京地裁で、美由紀の回復を待って八月下旬からおこなわれた。

容疑は不法侵入、窃盗、公務執行妨害、傷害など多岐にわたるが、すでに被疑者でなく被告人となってしまった以上、蒲生の出る幕はなかった。

証人として法廷に招かれたその日、蒲生はひさしぶりに美由紀の姿を見た。

美由紀は無言でうつむき、立ち尽くしていた。そこには、あの何物をも恐れぬ大胆不敵さも、強気な面影もなかった。ただ消耗し、疲れ果てたようすのひとりの女がたたずむだけだった。

「蒲生さん」弁護士はいった。「捜査一課の警部補として被告人と行動を共にすることが多かったあなたは、被告人のいわゆる千里眼と呼ばれる能力について、その完全性において揺るぎない信頼を寄せていますね？」

「……ええ、まあ。驚くに足る能力だと常々思ってます」

「被告人のその能力が、捜査の重要なポイントになったことがありますすね？」

「そういえることも何度か……」

「異議あり」検察官が声を張りあげた。「弁護側は、被告人のいわゆる千里眼の技能に、あたかも科学的に揺らぎのない実証性があるかのように印象付け、被告人の主観的判断が絶対的な真実に結びつくものとしたがっています。われわれが何度も主張したとおり、被告人はいまや民間人であり、事件性のある事象に対しての捜査権を有しているわけではありません。いわゆる千里眼なる特殊な技能を持ちえているからといって、被告人の超法規的な捜査権を容認できるものではありません」

弁護士はむっとしていった。「被告人のいわゆる千里眼は、過去の事件解決の実績およびそれらの証言から、科学的証拠として充分な信頼がおけるものと考えられます。数学的確率で分析しても、被告人が相手の嘘を見抜くことができる確率は、ポリグラフ検査すなわち嘘発見器のそれを確実にうわまわっております。ポリグラフ検査が昭和四十三年二月八日の最高裁判決で証拠能力があると認定された以上、被告人のいわゆる千里眼能力に関しても同様とみるべきでしょう」

「異議あり！　その最高裁の判例は、ポリグラフの検査結果が検査者の技術経験、検査器具の性能に徴《しる》して信頼できるものであることや、検査の経過及び結果を忠実に記録した場合に限るとされている。被告人のいわゆる千里眼は常に、被告人の独断的解釈によってなされるものであり、結論が導きだされる経緯が第三者にとって透明性があるものとはいえない。いわば警察犬による臭気選別を証拠として提出するケースと同じです」

「警察犬の能力も有罪認定の証拠になると認められています。最高裁、昭和六十二年三月三日の判例で」

「その場合も、専門的な知識と経験を有する指導手が捜査を実施することや、能力が優れていると証明されている警察犬を使用すること、臭気の採取および保管の過程や選別の方法に不適切な点がないときに限るとされている。指導手は警察官であり、警察犬もその管理下に置かれていて本来、捜査権を持っているといえる。たとえ被告人のいわゆる千里眼に捜査権を認めることが今後あろうとも、さかのぼって今回の数々の事件を引き起こした事実に免罪の効果が派生するものではない」

「ならば筆跡鑑定は？　これは警察が民間の専門家に依頼することもありえるし、きわめて被告人の千里眼の技能に近いと思えるものです。昭和四十一年二月二十一日の判例で、筆跡鑑定は証明力に限界はあるものの、非科学的で不合理であるとはいえず、経験によって裏付けられた判断であるから、証拠能力はありうるとしています」

「だからといって筆跡鑑定の専門家が、犯罪の可能性を嗅《か》ぎつけたからといって他人の家に押し入ったり、抵抗されたからといって暴力を振るったり、パトカーを奪ったりしてもよいという判例はないはずだ。民間の専門家は警察からの捜査協力の依頼があって、はじめて限定的な権限を有する」

弁護士は蒲生に向き直った。「蒲生誠警部補におたずねします。被告人が一連の行動を引き起こすよりも前に、あなたは被告人に捜査の協力を依頼しましたか?」

そのような事実はない。

だが、蒲生は本心を偽ろうと心を決めていた。

過去にも何度かあったことだ。美由紀は常に正しい。俺が証言すれば彼女の正当性が証明される。法を曲げたくはないが、美由紀は世の善悪のレベルを超越した正義感の持ち主だ。彼女を守ってやれなくてどうする。

「はい」と蒲生はいった。「すべては私が被告人に依頼したことです。元自衛官である彼女なら、急を要する場合に容疑者を確保する身体能力を持ち合わせていると考えました。もちろん、いわゆる千里眼の能力というものにも全幅の信頼を置いています」

法廷はざわついた。

美由紀はうつむいたままだった。その表情に深刻な影がさしたように、蒲生には思えた。

「ほう」検察官が目を輝かせた。「ならば被告人にお尋ねしたい。蒲生警部補はいま本当のことを言ってるかね。それとも嘘をついているのか？」

弁護士があわてたようすで怒鳴った。「異議あり。検察側は不当な質問によって証拠能力の有無という論点を……」

「私は弁護側の主張に従って質疑しているだけだ。被告人が主観的に判断することが証拠になるというのなら、いまも絶対的な答えが返ってくるだろう。被告人、答えてください。蒲生警部補は真実を語っているんですか？」

しばらく沈黙があった。

喉《のど》にからむ声で、美由紀はぼそりと告げた。「蒲生さんは、本当のことを言っていません」

蒲生は驚いていった。「おい、美由紀」

「いいんです。……ぜんぶわたしの過ちでした。わたしは犯罪者です」

法廷内は騒然となった。弁護士も面食らったようすで、美由紀を見つめている。

「静粛に」裁判長が告げた。「何人たりともこの場で独善的な判断に走ることは許されない。あなたもですよ、被告人。あなたが有罪かどうかは、われわれが判断することです。日本の法律では、推定無罪といって、何人も有罪と宣告されるまでは無罪と推定されるのです。すなわち、有罪とするからには検察の立証責任を必要とします。それまであなたは、犯罪者ではありません。よく肝に銘じておいてください」

美由紀は黙っていた。小さくうなずいたが、目を伏せただけかもしれない。

「裁判長」検察官がいった。「被告人がこちらの蒲生警部補から捜査協力を求められていたとしても、警察官の有する権限すべてを譲渡できるものではありません。まして、警察官であっても令状なしに家宅捜索はできません。被告人が勝手に防衛省施設に侵入したり、ノウレッジ出版の本社や製本所に立ち入って収集した証拠は、違法に収集されたことになります。違法収集証拠の排除法則に従い、これらは証拠禁止にあたると思いますが」

「検察の異議を認めます」裁判長の声が響き渡った。「刑事訴訟法三一七条は、事実の認定は証拠によると規定しています。自然的関連性があり、法律的関連性があり、証拠禁止にあたらないことが重要です。被告人がたとえ常人をはるかに超える能力の持ち主だったとしても、伝聞証拠、つまり法廷での反対尋問を経ない供述証拠は、原則的に法律的関連性がないとされます。結果として大勢の人命が救われたとはいえ、あらゆる面において、被告人の行動を警察の捜査の代行と位置づけることはできません」

しんと静まりかえった法廷で、弁護士はため息をついて頭をかきむしった。

「蒲生さん」弁護士は低くいった。「ありがとうございました。お席にお戻りください」

一礼して、蒲生は踵《きびす》をかえした。もういちど美由紀に目を向ける。

美由紀は辛《つら》そうな顔でうつむくばかりだった。

今回に限って、どうしたというのだろう。蒲生は思った。こういう裁判は過去にもあった。いつもみずからの信じる正義を優先し、俺の証言による正当化もあるていど是としてきたというのに、なぜ今回は否定したのか。

弁護士は咳《せき》ばらいした。「つづきまして、証人尋問を請求したいと思います。臨床心理士の嵯峨敏也先生をお招きしております」

嵯峨が立ちあがり、証人席に進みでた。表情はやはり硬いものだった。

検察官がすかさずいった。「今度は被告人の責任能力を問おうというのかね。ついいましがた捜査権を主張しておきながら、次は心神喪失状態だったのであらゆる行為に責任がなかったと？」

「そうです」弁護士は顔いろひとつ変えなかった。「裁判長。被告人は臨床心理士としても優秀で、きわめて冷静沈着で温厚な態度で知られ、広く相談者《クライアント》の信頼を得ています。しかしながら今回のような暴走に至ったのは、精神面においてなんらかの理由が存在したと考えられます。嵯峨先生は被告人と旧知の間柄でもあり、精神鑑定も重視すべきものになるでしょう」

「しかし」検察官は苦い顔をした。「公私ともに関係がある人物で証人尋問とは。どのような鑑定書があがってくるのかわかりませんが、検察としては鑑定書を証拠とすることに同意はしません。そうすると鑑定書の証拠調べ請求は撤回を余儀なくされるわけですが」

「無駄だからやめたほうがいいとでも？　心外ですな。鑑定書をお読みになってから判断してもらいたいものです」

裁判長は美由紀をじっと見つめた。「被告人は、証人尋問に同意していますか？」

また静寂があった。

美由紀はゆっくりと首を横に振った。

「わたしは……。情状酌量をしてほしいとは思っていません。やはり罪を犯したと思っています。刑罰を受ける覚悟です」

嵯峨が険しい顔をした。「なんでそんなことをいうんだ、美由紀さん？　きみなりに正しいと思って行ったことだろう？」

「わからない……」美由紀は泣きそうな声でつぶやくと、顔に手をやった。「突然に頭に血が昇って……。あんなことすべきじゃなかった。相手の不正に気づいたとしても、もっと理性的な行動をとるべきだったのに……。どうしても相手が許せなくなった。その連続だったんです。わたしは冷静じゃなかった」

戸惑いが法廷のなかを支配していた。

蒲生は息を呑《の》んだ。あそこまで暴走した美由紀も初めてなら、こんな弱気な美由紀もかつて目にしたことがない。

検察官がいった。「裁判長。さきほどから被告人は、罪を認めているようですが」

だがそのとき、荒々しい男の声が告げた。「しつけえな。有罪か無罪かは判決までわからねえって言ってるだろ」

傍聴席がざわついて、後方を振りかえった。蒲生も後ろの席に視線を向けた。

サングラスをかけ、Tシャツからたくましい二の腕をのぞかせた伊吹直哉が、通路をつかつかとやってくる。

伊吹はいった。「おい美由紀。さっきから聞いてりゃなんだ。どうしておまえを助けてくれようとしている味方の援護まで台無しにしちまうんだよ。暴走行為よりもずっと身勝手で迷惑だ。そこんとこ判ってんのか」

警備員があわてたように通路に躍りでる。傍聴席は喧騒《けんそう》に包まれた。

「静粛に」裁判長がいった。「騒ぎを起こすと退廷を命じますよ。席に戻ってください」

「美由紀」伊吹は、警備員に押しとどめられても前進しようとした。「防衛政策局の嵩原やら、オヤジどもの出会い系サイトに情報売ってたウェイターやら、ノウレッジ出版の奴らが許せなくてやっつけたわけだろ。畔取直子さんって人もすごく感謝してるってきのうのニュースでやってたじゃねえか。おまえはどこも間違っちゃいねえ。そもそも犯罪をのさばらせてるこの国家の司法なんか信用できねえんだ。どうみたっておまえが正しいんじゃねえか」

蒲生は立ちあがった。「伊吹。よせ」

「やなこった。美由紀、そこにいる検察官の本心とかも顔見りゃわかるんだろ？　どうせ保身ばかり図ってる嫌な奴さ。真実がどうあれ、おまえを有罪にできりゃ手柄につながると、それしか考えてねぇ」

検察官は顔を真っ赤にして怒鳴った。「口を慎め！　法廷を侮辱するな！」

「侮辱してるのはあんたらだろ。美由紀が動かなかったら山ほど死人が出て、犯罪者どもはのうのうと生きているところだったんだぞ。少しはそこを理解したらどうなんだ」

「目的のためなら手段を選ばなくていいというのか？　法治国家ではありえんことだ」

「いいや。ありえるね。目的は手段を正当化するんだよ。外国人が侵略してきたらその時点で戦争だから、殺してもいい。俺たちは自衛隊でそう教わってる。じゃなきゃ、俺たちはなんで十八歳から人殺しの訓練を受けてたってんだ？」

傍聴席はもはや混乱状態だった。警備員が次々に押し寄せ、収拾がつかなくなった。

騒然とするなか、裁判長の声がかすかに聞こえてきた。休廷します。被告人は弁護人と充分に話しあっておくように。

フラッシュバック

裁判所内の控え室につづく廊下に、嵯峨は歩を進めていた。狭い廊下を埋め尽くすほどの人数が行列をつくり、ぞろぞろと前進していく。

先頭は、蒲生に支えられて歩く美由紀だった。警備員たちがその後につづいている。嵯峨は、さらにその後方にいた。

美由紀が蒲生とともに控え室に入っていくと、警備員らはドアを閉め、退散していった。

「おい美由紀!」嵯峨の肩越しに怒鳴る伊吹が、ドアに歩み寄ろうとした。「美由紀、待てよ」

嵯峨はそんな伊吹を押しとどめた。「伊吹さん。冷静に」

伊吹は嵯峨を見つめて、ちっと舌打ちした。「嵯峨先生はこんなんでいいと思ってんのか?どう考えたって美由紀に不公平だろ」

「そうでもないよ。美由紀さんが人命救助に貢献したことは裁判長もわかってるんだし。

ただ、そのう、やり方がちょっと過激すぎたっていうか」

「過激だ？　どこがだよ。いつも美由紀にF15Jを奪われてる基地の連中の身にもなってみやがれ。今回はそれよりはるかにマイルドだろ」

「でも以前はここまで暴力に躊躇《ちゅうちょ》しない姿勢はしめさなかったはずだよ……。いや、正確には何度かあったことだけど、いずれも唐突に怒りの感情に突き動かされてる。なにかあるんだよ、理性を失った原因が」

「瞬間湯沸かし機みたいに激怒するのはあいつの特徴みたいなもんだぞ。自衛隊じゃ毎日のようにそうだった。あれほど組織が手を焼いた幹部自衛官はほかにいないって、百里基地でも語り草になってる」

「手を焼いたって？　問題児だったたってこと？　美由紀さんは最も優秀な自衛官のひとりだったはずだろ？」

「嵯峨先生。あのな、さっきも言ったが、優秀な自衛官ってのはつまり正気じゃねえってことだ。これはどこの国の軍隊でもいえることだ。戦争でより多くの敵を殺した兵士の胸に勲章が飾られるんだからな。広島に原爆を落としたパイロットは今でもアメリカで英雄として祭りあげられてる。自衛官はそこまであからさまでなくとも、本質は同じだ」

「自衛隊じゃ優等生と問題児は紙一重ってことかい？」

「的確な表現だな。カミカゼって言葉は英語の辞書に載ってる。クレージーって意味だ。美由紀はまさにそれを地でいく存在だったってことだ」

「伊吹さんにとっては、今回の美由紀さんの行動はそれほど不思議じゃないっていうのか?」

「あいつは、本来の姿に戻っただけさ……。っていうか、たびたび戻るんだな。なぜそんなふうになるのかは、わからないが」

「詳しく聞かせてよ。昔の美由紀さんのことを」

「……いや。遠慮する。協力はできないな」

「どうして?」

「なあ、嵯峨先生。あいつが自衛官を辞めて臨床心理士になると聞いたとき、俺はマジでびっくりしたよ。診てもらうほうならともかく、あいつが人の相談を聞くなんてな。でもあいつは変わった。多くの人に愛される性格になった。子供があいつを慕うなんて、以前じゃ考えられなかったよ」

「劇的な変化だったってことか」

「そう。だから……なんていうか、その変化の原因みたいなものを、ほじくりかえさねえでほしいなと、そんなふうに思うんだよ。嵯峨先生の精神鑑定っていうやつでな」

嵯峨は奇妙に思った。伊吹は何を心配しているのだろう。

「よくわからないんだけど、美由紀さんが温厚な性格になった理由を、伊吹さんは知ってるの？」

「いや。知るわけがねえ。変化にただ驚いてるだけだ。だけど、そのう、以前のあいつには、戻ってほしくはないんだよ……」

「……意外だね」

「なぜ？」

「昔つきあってたんだから、てっきり美由紀さんも昔のほうがよかったと考えてるんじゃないかと」

「俺がか？」伊吹は笑った。「いや、まあ、それも悪くねえけどな。ふたりして馬鹿やってたし、むしろ馬鹿競ってたし。俺と美由紀のどちらも、成績でも始末書の数でも一、二を争う仲だったからな。最高に楽しかった」

「伊吹さん。なにか気がかりなことでも？」

「……まあな」伊吹はポケットから指輪を取りだした。「美由紀の前ではいちいち外してる。婚約指輪だ」

「結婚するってこと？」

「ああ。……俺は連れ子がいてな。美由紀と別れてから、次の女と同棲《どうせい》してたときに生まれた息子がいる。その母親と、最近よりを戻してたな」

「そうなのか……。おめでとう」

「勝手な話だけどな。美由紀に新しい人生を歩んでほしいんだよ。このまま臨床心理士として成功して、愛されて、幸せになってほしい」

「……そう思うのなら、いっそう彼女の精神鑑定が重要になってくるよ。理性を失いがちなところがある彼女の問題点を洗いだして、成長に結びつけないと」

伊吹は曖昧《あいまい》な表情をした。

「そう、かな。そうかもしれないな。任せるよ、細かいことは……。じゃ、嵯峨先生。俺、仕事に戻るから。蒲生のおっさんにもよろしくな」

「伝えておくよ。じゃあまたね」

ため息とともにサングラスの眉間《みけん》を指で押し、伊吹は立ち去っていった。

その背が廊下の先に消えていくのを、嵯峨は見送った。

なぜか空虚さが残る。彼は美由紀の将来について、どんな心配をしているのだろう。

不安の感情が伊吹の表情にあらわれていたように思える。それ以上のことはわからない。

岬美由紀の千里眼のようには、瞬時にすべてを見抜くことはできない。

気を取り直して、嵯峨はドアをノックした。

どうぞ、という蒲生の返事がきこえた。

ドアを開けてなかに入ると、美由紀は控え室のソファに横たわり、毛布を羽織っていた。

「具合が悪いの？」嵯峨はきいた。

蒲生は向かいのソファに腰を下ろしていた。「どうもめまいがしたらしい。医者を呼ぼうかと聞いたんだが……」

美由紀は寝たまま つぶやいた。「それほどでもないわ。少し休めば落ち着くと思うの」

「ふうん……。疲れかな。このところ連日、公判だからね」

すると、蒲生が腰を浮かせながらいった。「伊吹が来たからだろ？　航空自衛隊のエースパイロットとは思えない態度だな。美由紀に気があるのはわかるが、考えものだな」

嵯峨は黙って美由紀を見やった。

伊吹の恋愛感情はもう、美由紀には向けられていない。だが、美由紀はそのことを意に介してはいないだろう。そもそも、伊吹がかつての思いを引きずっていたことすら知らなかった、その可能性が高い。

千里眼と呼ばれながら、恋する気持ちがまるで読みとれないというのは、何に起因しているのだろうか。

「さてと」蒲生は戸口に向かった。「弁護士と相談してくる。嵯峨も行くか？」

「いや。僕はもうしばらくここに……」

「そうか。じゃ、本庁に戻る前にまた立ち寄るよ」

蒲生はそういってドアを出ていった。

控え室には、嵯峨と美由紀だけが残された。

美由紀は無言で天井を仰いでいた。

「ねえ、美由紀さん」と嵯峨は静かに語りかけた。「精神鑑定のことだけど……」

「……わたし、どうなってるんだろ……」

「え？」

「いまは、なんて恐ろしいことをしたんだろうと感じるの……。まるで解離性障害みたい」

彼女もさすがに臨床心理士だ、自己分析はできているようだった。

「僕もそう思ってたよ……。人格が完全に分離しきっているわけじゃないけど、解離状態に近いのかなって。聞きたいんだけど、見間違いや見当違いが増えたりしてなかった？」

「ガンザー症候群のこと？　いいえ」

「そうだね。きみの推理は常に的確だったから、ガンザー症候群ではない。現実感が薄らいでいることとか、自分のことなのに他人を眺めているように感じたことは？」

「離人症性障害なら起きてないわ。すべてのことを覚えているから、遁走《とんそう》や健忘もない」

「知りすぎててやりにくいね」嵯峨は苦笑してみせた。「そうすると、解離とは似て非なるものかもしれない。周りが見えなくなって暴走したわけだから、意に反して衝動が強く湧き起こる、強迫性障害のようなものかもしれない。攻撃的姿勢は、自分にとっての恐怖や嫌悪を取り除こうとするものだから、不安障害の一種と考えられるね」

「きっかけはいつも、女の子がいじめられているか、中年以上の男が加害者かって状況ね。すぐにかっとなる」

「そのことにも気づいてた？」

「ええ、薄々とね。突然の怒りを爆発させるなんて……心《P》的《T》外《S》傷《D》後ストレス障害みたい」

「僕も症状だけを伝え聞いたら、そう判断するかもしれないな」

「原因として考えられるのは、父親の娘への虐待……」

「それが幼少のころ延々とつづいたせいで、恐怖と不安が鬱積《うっせき》して複雑性ＰＴＳＤとなり、記憶障害でそのこと自体は忘れてしまってる。けれども、想起させるきっかけが生じるたびにそれを取り除こうとする。まあ、そんなふうに分析できるわけだ」

「でも」美由紀は訴えるようなまなざしを向けてきた。「そんなはずはないわ。わたしの父は優しい人だった。生活上の強いストレスを感じるような虐待を受けていたのに、それがまったく記憶に残っていないなんて……」

「たしかに。フロイトの『抑圧されたトラウマ』論みたいにナンセンスな話だよ。PTSDならフラッシュバックも起きる。決して虐待の過去に自分が気づきえないことなどない」

「怒りや恐怖を感じたときに父の顔を想起したことなんてないわ。あ、だけど……」

「なに？」

「……別のものなら、ときどきフラッシュバックする。相模原《さがみはら》団地……」

「相模原団地？　住んでたことあるの？」

「いいえ。家は藤沢にあったけど、相模原のほうなんか行ったこともなかった。けれど、初めてメフィスト・コンサルティングに捕まったとき、はっきりとその光景が浮かんだの。五階建ての古びた鉄筋コンクリート。外壁にはA1とかB2とか大きく記してあった」

「その相模原団地に行ってみようとは考えなかった？」

「もちろん考えたわよ。近くまでは行ったの。でも、入れなかった」

「入れない？　どうして？」

「相模原団地ってのは俗称でね。正式には相模原住宅地区内の従業員居住区っていうの」

「ああ……。上鶴間《かみつるま》にある米軍施設か。キャンプ座間《ざま》にも近い……」

「そう。キャンプ座間が司令部、相模総合補給廠《しょう》が倉庫と工場で、相模原住宅地区が住宅街。米軍兵士とその家族たちが住んでる。相模原団地は、基地で清掃や調理なんかの雑務をこなしている人たちの住居になってるってね。軍の人間でないアメリカ人と、地元の日本人が住んでるの。収入も軍関係者より低くて、生活も質素みたい」

「けれども部外者は立ち入り禁止ってわけか。どうも気になるね。自衛隊にいたころに訪問したことは？」

「全然。そういう施設があること自体、現地に行ってみてわかったのよ」

「でも、それはおかしいじゃないか。もし団地が視覚的に想起できても、その建物が相模原団地なる名称だとは、知識がなきゃわかるはずもない」

「ええ……。だから謎なの。あれがフラッシュバックだとしたら、団地についての記憶も断片的にでも思いだせるはずなのに……。どうして知っていたのか、なぜ辛《つら》い思いをすると目に浮かんでくるのか、さっぱりわからないの」

「とにかく、その相模原団地について調べてみる価値はありそうだ。僕の鑑定書づくりに必要なこととして、申請してみるか。きみが米軍施設内に入ることができるよう、裁判所に頼んでみるよ」

「だけど、そんなこと……。わたし、被告人なのよ」

「でもまだ有罪ではないんだ。マスコミはいろいろ言ってるけど、逮捕され起訴されても、刑が確定するまでは犯罪者じゃない。被告人の身柄は原則的に自由だよ。現にきみは勾留《こうりゅう》されてないじゃないか」

「米軍施設が日本の裁判所の命令を聞いてくれるかどうか……」

「僕の説得の腕にかかっていそうだな。正確な鑑定書を作成するために、きみが相模原団地に行かねばならないと裁判所に強く認めさせれば、敷地の通行許可ぐらいは申請してくれるだろう。僕は一緒にいけないだろうけど」

「なぜ？」

「精神鑑定をおこなう側だからさ。公平を期するために、きみと行動を共にするのは接見のときだけに制限されるだろう。現地へは、きみ独りでいくことになるかもしれないけど……」

「ええ、わかったわ」美由紀は微笑を浮かべた。「ありがとう、嵯峨君」

「いいんだよ」嵯峨は立ちあがった。「僕も弁護士さんに相談してくるよ。じゃ、またあとで」

ドアをでるとき、嵯峨は美由紀をちらと見た。

美由紀は両手で顔を覆い、小刻みに身体を震わせていた。

声を押し殺して泣いているようだ。

嵯峨は静かにドアを閉めた。辛いのは充分にわかっている。僕は彼女のために、全力を尽くさねばならない。

相模原団地

午後の陽射しは秋めいて、緑地にはトンボが舞っているのがわかる。

岬美由紀は警視庁から返却されたばかりのランボルギーニ・ガヤルドを飛ばして、町田《まちだ》駅から小田急《おだきゅう》線沿いに延びる道路を〝ハウス〟に向かっていた。

ハウスとは、基地をキャンプと呼ぶのに対する軍居住区の通称だった。三つの基地を持つ相模原市だが、沖縄ほどには米軍色は濃くなく、いたってふつうの街並みがつづいている。厚木基地を離着陸する米軍機の轟音《ごうおん》が聞こえなければ、そのような施設があることさえ忘れてしまうだろう。

それでも小田急相模原駅から相模大野にかけて広がるその地域が見えてくると、日本はなおも米軍の影響下にあるのだという事実が浮き彫りになる。高いフェンスごしに、広大な土地に緑溢《あふ》れる北米調の優雅な住宅街が見えていた。

東京ドーム十三個ぶんの面積に住宅はたったの五百戸あまり、千四百人が居住する。極めて恵まれた住環境であるに違いない。

とはいえ、それは正規の米軍関係者に限ったことだ。相模原団地というのはそれらの家々の使用人や、敷地内の店舗、教会、映画館、浄水場などで雑用をおおせつかる低賃金の労働者と、その家族が住む建物だ。米軍施設のなかにも格差社会が存在する。

フェンスに沿ってクルマを飛ばしていくと、基地のものと同じゲートが見えてきた。Sagami Housing Areaとある。ガヤルドをゲート前に停車させると、迷彩服の兵士が近づいてきた。

裁判所を通じて受けとることのできた通行証はふたりぶんだった。精神鑑定中の被告人である以上、身内かそれに類する人物を伴っていくのが望ましいとされたからだった。美由紀には身寄りはいないし嵯峨も同行できないため、人選は困難と思われたが、これはあっさりと雪村藍に落ち着いた。米軍施設なんて面白そうじゃん、と彼女は目を輝かせていた。

藍は会社が終わってからこちらに来る予定だった。美由紀は東名高速が混むかと思って早めに出かけたのだが、案外早く着いてしまった。しばらくはひとりで見学することになりそうだ。

通行証を提示しながら、美由紀は兵士にきいた。「相模原団地はどこですか《ホエア・イズ・サガミハラ・ハウジング・デベロップメント》？」

「ずっと奥へ《ゴー・ストレイト》。あの林を抜けた向こうにあります《イッツ・ジ・アザー・サイド・オブ・ザット・ウッド》」

「ありがとう《サンキュー》」美由紀は、開いたゲートのなかにクルマを乗りいれた。

広々とした道のアスファルトにはひびひとつなく、芝生の上では白人の子供たちが駆けまわって遊んでいた。ガーデニングをしている金髪の女性もいる。

アメリカでも高級住宅街といえる暮らしだ。ここが日本だということを忘れそうになる。

しばらく進んでいくと、兵士が告げていた雑木林に入った。公園になっていて、道はそのなかを蛇行して延びている。

奥に入るにつれて、木々の手入れが雑になっていくように思えた。雑草も生えている。アスファルトも古く、亀裂があちこちに見えてきて、ついには砂利道になった。

林を抜けたとき、美由紀は息を呑《の》んだ。

戦後の復興期に建てられたような五階建て、コンクリート造りの薄汚れた団地。無味乾燥にして粗末なその外観。いかにも軍の施設らしく、建物ごとにA1、A2と大きく壁に記されていた。

これだ……。

たしかにここだ。記憶の断片に残っている。なんともいえない寂寥《せきりょう》感の漂うこの眺め。

間違いない。脳裏にフラッシュバックする光景は紛れもなく相模原団地だった。

団地の前の砂利道にクルマを徐行させながら、美由紀はその風景に見いった。

フトンを干している窓がいくつかある。ひとりの女性が身を乗りだし、フトンを叩《たた》いて埃をはらっていた。年齢は五十ぐらい、シャツも髪型も昭和を彷彿《ほうふつ》とさせる。

そういえば、路上駐車してあるクルマもひどく古めかしい。プリンス製の初代スカイラインや、トヨタのダルマコロナが無造作に停めてある。錆《さび》だらけで、ボディのあちこちに凹《へこ》みがあった。だが、シートに荷物が積んであるところをみるとスクラップというわけではなさそうだ。

庭先では子供たちが遊んでいた。ほとんどが日本人のようだが、黒人や東南アジア系の子供も交じっているようだ。誰もがやせ細っていて、栄養失調ぎみに見えた。

驚くべきは、その子供たちの着ているものだった。手製らしく粗末な仕上がりで、デザインも三、四十年ほど昔のものに見える。あり合わせの布を縫ってこしらえたという感じだった。

子供たちは二列になって向かい合い、はないちもんめに興じている。そのさまは、昭和の記録フィルムを観ているかのようだった。

クルマを道端に寄せて停め、エンジンを切った。子供たちの歌声が響いてくる。

勝って嬉《うれ》しい花いちもんめ、負けて悔しい花いちもんめ、隣りのおばさんちょっと来ておくれ。鬼が怖くて行かれない。お釜《かま》かぶってちょっと来ておくれ。お釜底抜け行かれない。鉄砲担いでちょっと来ておくれ。鉄砲玉なし行かれない……。

美由紀は首をかしげた。ずいぶん長い歌詞だ。わたしの知っているものとは違うように思える。

おフトン被《かぶ》ってちょっと来ておくれ。おフトンびりびり行かれない。あの子が欲しい、あの子じゃ判らん。この子が欲しい、この子じゃ判らん。相談しよう、そうしよう……。

ドアを開けて車外に降り立ったとき、ひとりの男の子がこちらに気づいたようだった。

「見ろよ」男の子は叫んだ。「すげえクルマだぜ?」

いっせいに振り向いた子供たちは、わあっと歓声をあげてこちらに駆け寄ってきた。

美由紀は戸惑いがちに微笑みかけた。

子供たちは、美由紀がスクールカウンセリングで出会うどんな児童の態度とも異なっていた。すなおであると同時に、遠慮がない。誰もがべたべたとクルマのボディに触り、ボンネットの上に這《は》いあがって寝そべろうとする子もいる。美由紀の手をとって、さっきの遊び場へ引っ張っていこうとする女の子もいた。

「あ、あの」美由紀はあわてていった。「ちょっと待って……」

そのとき、男の声が飛んだ。「おいおい。こら、俊彦。それに真奈美も。お客さんに対して失礼だろ」

男は三十代後半ぐらいの髭《ひげ》づらで、ランニングシャツに半ズボンといういでたちだった。真っ黒に日焼けした肌は建築業に従事する肉体労働者を思わせる。

人のよさそうな笑いを浮かべながら、男は手馴《てな》れたようすで子供たちをあしらった。

「どうもすみません。ここにはめったに外の住民も来ないんで」

「いいえ。こちらこそ……。突然訪問しちゃいまして」

「それにしてもすごいクルマだ。日本人だよね？　住宅地区のどのあたりに住んでるの？」

「わたし、きょう初めてここに来たんです。つまり、相模原住宅地区に」

「へえ……。基地関係者じゃないとしたら、何の用？」

「ちょっと見学で。通行証を発行してもらったので入れたんです」

「仕事は何をしてるの？」

「臨床心理士で……つまりカウンセラーです。いちおう休職中ではあるんですけど」

「そうかい。いや、どんな仕事なのか詳しくは知らないけど、見学ってことなら案内するよ。商店街のほうは見た？」

「いえ、まだ……」

「じゃ、ついておいで。あ、俺、八木信弘《やぎのぶひろ》といいます。どうぞよろしく」

「岬美由紀です。よろしく……。あのう、駐車場はどこに……」

「そんなもん、そこに停めておけばいいって。いちおう地区内は駐車禁止ってことにはなってるけど、基地のやつらもほとんど見にきやしないからさ。さあ、いこう」

美由紀は困惑を覚えながらも、八木に歩調を合わせた。子供たちは駆けていき、はないちもんめを再開した。

「お尋ねしてもいいですか」と美由紀はきいた。

「どうぞ。なんなりと」

「八木さんは、この相模原団地に住んでるんですか？」

「もちろんだよ。昭和二十五年に米軍がここを接収したとき、基地内に住みこみで働く日本人を募集してたね。祖父の代からこの団地に移り住んだ」

「……基地の外にでる自由はあるんですか？」

「そりゃ当然だよ」と八木は笑った。「でもあまり出かける奴はいないね。なにかと忙しいし、家族もここにいれば生活のすべてが事足りるからさ。外はなんでも高いよ。団地のなかなら、給料でもらったドルをそのまま使えるしね」

ということは、ここは通貨の壁によって実質的に外の世界とは切り離されているわけだ。わざわざ日本円に換金して、物価の高い市街地に繰りだして買い物しようとは思わないのだろう。その閉鎖的な事情が、この住民の生活の古めかしさにつながっているのだろうか。

コンクリート製の居住区の谷間に入った。美由紀は思わず立ち尽くした。

団地の一階部分がテナントになっていて、商店街をかたちづくっている。その空間はさほど広くはなく、店舗もせいぜい七つか八つほどだが、驚くべきはその店がまえだった。どう見ても昭和三十年代だ。

喫茶店の店頭にはガラス製のショーケースが置いてあって、蠟《ろう》細工のトーストやスパゲティの見本が埃《ほこり》をかぶって並んでいる。理髪店の軒先には、赤と青と白の三色がくるくると回る看板があった。薬局は薄汚れたカウンターのなかに白衣姿の薬剤師が顔をのぞかせている。リサイクルショップで取り引きされているのは、前時代的な二槽式の洗濯機と、角の丸いブラウン管式のテレビだった。

まるで古《いにしえ》の街並みを再現したテーマパークのようだった。しかし、これは現実だった。

つんと鼻をつく生活臭、飲食店の換気扇から吐きだされてくる調理場のにおいが、すべてを物語っている。

陸の孤島だ、と美由紀は思った。

ここに住む日本人は無論、日本国籍なのだろうが、実質的に治外法権下の町に住んでいるも同然なのだろう。時代から取り残された空間。基地が接収されたときの日本が、小さく切り取られてこの団地のなかに存続している。

とある店先で、男の子が弁当箱と水筒をいくつもリュックサックに詰めこんでいた。それを背負って歩きだす。そういう子の姿が何人もあった。

「遠足かしら」と美由紀はいった。

八木はそれを眺めると、肩をすくめた。「あれは親に昼メシを運んでいくんだよ。俺もガキのころ、よくやったもんだ。団地に住んでる労働者は、軍関係者用の食堂は使わせてもらえないからさ。あの子の親父はたしか浄水場で働いているんだったな。かなり距離があるけど、毎日徒歩で難なく出かけてくよ」

「そうね。遠出の心得が身についてるみたい」

「心得って?」

「子供はふつう、リュックの底のほうに重い物を入れて、上のほうに軽い物を入れがちだけど、それじゃ疲労が早くなる。腰にあたる部分から底にかけて柔らかい物を詰めておけば、背中とリュックが密着して疲れにくくなる。あの子たちはそれを実践してた」

「へえ！　外の人なのによく知ってるね。たしかに、ここの住民はみんなそうやってリュックに荷物を詰めるよ。もともと祖父の代が、米軍の連中から授かった知恵らしいけどさ」

「でしょうね。わたしも防衛大で教わったことだし」

「防衛大？　あなた自衛官か何かだったのかい？」

「ええ……以前はね。第二学年で富士山の頂上まで登らされたときに、いろいろ指導を受けたの」

「ふうん。あなたみたいな美人が……。人は見かけによらないねえ。さてと、見学といってもこれぐらいしか見せるところがないんだけど」

「ええ、とても興味深いですよ」

「じゃ、もう用は済んだのかな」

「いいえ……もうひとり来るので、待っていないと」

「もうひとり？　連れがいるの？」

「はい。ご迷惑でしょうか？」

「いやとんでもない。ただ、見てのとおりあまり時間を潰《つぶ》せる場所がなくてね。そうだ、そこの喫茶店に入ってなよ」

「でもわたし、お金が……」

「ああ」八木はポケットから無造作に、皺《しわ》くちゃの札束をつかみだした。「ドルに両替してあげるよ。千円札ある?」

「あります」美由紀はサイフをだして、千円札を一枚ひっぱりだした。

八木は一ドル紙幣を数えとった。「七、八、九、十枚。ちょうど十ドル。いま一ドルは百十三円ぐらいだけど、おまけしとくよ」

「すみません。ありがとうございます」

「俺のガキのころは一ドルは三百六十円と相場がきまってた。知ってるかい、なぜ三百六十円に固定されたかっていうと……」

「〝円〟が丸という意味だから、三百六十度ってことでその数字になった。でしょ?」

「すげえ。よく知ってるな。じゃ、お連れさんが来るまでごゆっくり」八木はそういって片手をあげて、ぶらりと去っていった。

美由紀はため息をついた。どうにも要領を得ない。八木という男も、飄々《ひょうひょう》とした態度とは裏腹に警戒する心理をのぞかせていた。頬筋《きょうきん》の緊張にそれが表れている。

考えすぎか。ここまで時代錯誤な町に現代人が訪れたのだ、向こうも注意深くなるのが当然かもしれない。

喫茶店に向かい、扉を押し開けた。

カウンターのほかにボックス席がふたつあるだけの狭い店だった。客はいない。店主は白人の老婦だった。

「いらっしゃい」と老婦は日本語でいった。

美由紀はカウンターの席に座りながら注文した。「コーヒーをひとつ」

「はいよ」

店内はわりときれいだったが、インテリアに凝っているというほどではなかった。客の目に触れるところに段ボール箱が積んである。現代の食料品メーカーのロゴが記載してある。

ということは、商品はこの団地のなかだけで回っているのではなく、随時外から搬入されているのだろう。当然といえば当然だ。だが、それならなぜ服ぐらい新しいものを身につけていないのか。

厨房《ちゅうぼう》から子供がふたり、はしゃぎながら駆けだしてくる。驚いたことに、黒人の少年と少女だった。やけりふたりとも粗末な身なりで、やせ細っている。よく見ると、ふたりは仲良く遊んでいるわけではなさそうだった。少年が持っている玩具《おもちゃ》を、少女が奪おうとしている。

「貸してよ」と少女は日本語でわめいた。「次はわたしだっていってるじゃん」

「やなこった」と少年がいった。「ジュリアなんかに貸すもんかよ。ばーか」

ジュリアが声をあげて泣きだすと、老婦がカウンターから身を乗りだした。「ボブ。ゲーム機はジュリアと交互に使うって約束したでしょ」

「ふん。ジュリアは人形いっぱい持ってるから、べつにいいじゃんか」

白人の老婦と黒人の少年少女、いずれも流暢《りゅうちょう》な日本語で言い争っている。なんとも奇妙で、どこか滑稽《こっけい》な眺めだった。

美由紀はボブが一所懸命に手放すまいとしている携帯ゲーム機を見て、面食らった。任天堂のゲーム&ウォッチ、ドンキーコング。いまごろこんなものを取り合ってるなんて。

「泣かないで」美由紀はジュリアにそういって、携帯電話を取りだした。「ゲーム機ならわたしも持ってるから」

「ほんと？　それ何？」

携帯電話を知らないのだろうか。ここでの暮らしを察するに、その可能性は充分にある。

iアプリにつないでビデオゲームをダウンロードすると、美由紀は携帯電話をジュリアに手渡した。

「わー、すごい！」ジュリアは目を輝かせた。「本物のドンキーコングだぁ」

ボブが覗《のぞ》きこんで、あわてたようすで手をのばしてきた。「交換してやる。貸せよ」

「やだ。わたしが借りたの」

「貸せってば！」

美由紀は穏やかにいった。「だめよ、ボブ君。なにごとも独り占めにしようとしないで。貸して欲しいときにはきちんとお願いするのよ」

「ちぇっ」ボブは不服そうにゲーム＆ウォッチを放りだすと、厨房に駆けこんでいった。

ジュリアは美由紀の隣りに並んで座り、ゲームに興じている。

老婦がコーヒーカップを差しだしてきた。「外の人ね？」

「ええ……。あのう、ここの子たち、学校は……？」

「基地に小学校があるの。でもほとんど行ってないわね。団地の子は、軍関係者の子に比べて差別されるし、いじめられたりもするからね。どうせ子供も親の仕事を継ぐわけだから、たいして勉強しなくてもね」

「そうでしょうか。子供は外に出たがっているかも」

「いまさらどうにもならないでしょ。団地は家賃もタダだし、同じ仕事を繰り返してりゃいいから気苦労もないしね」

まるで発展途上国の貧民層にみられる考え方だ。これでは子供たちは希望を持つことはできない。

それにしても、わたしはどうしてここの記憶を持ちえたのだろう。あの建物の外観が相模原団地という名であることしか、わたしは覚えてはいなかった。いまこうしてあちこち散策しても、思いだせるものはない。

両親も米軍などとは無関係だった。強いて言うなら、同じ神奈川県住まいだったというだけだ……。

ボブが新しい玩具を持ちだしてきた。「バン、バン」

美由紀はそれを見て、息を呑《の》んだ。

デトニクス四十五、自動拳銃《けんじゅう》がボブの手に握られていた。

「ボブ！」老婦が怒鳴った。「そんなの、どこから持ってきたの」

「岸辺のおじさんが貸してくれたから」

「すぐ返してらっしゃい。早く！」

不服そうな顔はしたものの、ボブは銃をぶら下げたままドアを開けて外にでていった。

驚かざるをえない事態だ。美由紀は老婦を見た。「いまの拳銃……」

「ああ、あれ?」老婦は苦笑した。「モデルガンよ。団地に住んでる岸辺のおじさんって人が集めててね。子供にせがまれると貸すらしいんだけど、迷惑な話でね」

嘘をついている、と美由紀は思った。

老婦の眼輪筋は収縮していなかった。すなわち、つくり笑いでしかない。鼻翼があがり、鼻の両側や鼻筋にも皺が寄っていた。銃について問いかけられることに嫌悪を感じたのだ。つまり老婦は、本当のことを言っていない。

事実、あれはモデルガンではなかった。まぎれもなく本物の拳銃だ。基地の軍人が拳銃を持つことはありうるだろうが、この団地の住民が所持を許されているとは思えない。

「ごちそうさま」美由紀は立ちあがり、ドル紙幣をカウンターに置いて戸口に向かった。外にでて、辺りを見まわす。商店街を往来する人々の動作は緩慢で、ゆったりとした時間が流れている。

そんななかで、駆けていくボブの姿はすぐに目についた。

B3の建物に向かっている。

美由紀は走りだした。商店街を駆け抜け、閑散とした団地の生活道路に入る。ボブは短い階段をあがって、団地のエントランスに消えていった。

少し距離を置いて、美由紀はその後を尾《つ》けた。

エントランスを入ると、ごくありきたりの団地の内部が広がっていた。部屋数のぶんだけ並んだ郵便受け、火災報知機、階上に伸びる階段。エレベーターはなかった。

廊下に蛍光灯が多用されているのも日本の団地そのままだが、それはつまり住人が日本人になることを想定して建てられたことを表していた。アメリカ人は日本人ほど蛍光灯を好まない。幽霊の光といって嫌う傾向さえある。

足音が聞こえてくる。上か。美由紀は階段を昇っていった。

三階まで達すると、今度は廊下に足音が響いていた。角に身を潜めながらようすをうかがうと、六つめの扉を開けてボブが入っていくのが見える。

しばらく待つと、ボブが扉をでてきた。もう拳銃は持っていない。

ボブがこちらに来たので、美由紀はとっさに階段を昇り、四階との中間にある踊り場に隠れた。ボブの足音が階下に降りていく。

充分に静かになるのを待ってから、美由紀は三階に戻った。

六つめの扉に近づく。表札には６０４とあるが、住民の名はない。

さっきボブは、ノックもせず呼び鈴も押さずに扉を開けたようだった。出入りは自由なのだろうか。

美由紀はノブを握り、回した。鍵《かぎ》は開いていた。すばやく扉を開け放つ。

靴脱ぎ場の向こうに畳が見えていた。和室のようだ。

なかに踏みいろうとしたとき、美由紀の足はすくんだ。

八畳一間は無人ではなかった。

壁ぎわに、大勢の子供たちがうずくまり、身を寄せ合ってひしめいている。

人数は軽く二十人いると思えた。外で見かけた子供たちよりもさらに栄養失調が激しく、骨と皮だけといった感じの子もいた。着ている物は汚れ、悪臭がたちこめ、蝿が飛びまわっている。室内の温度はかなり高くなっているのに、この部屋には冷房ひとつない。

子供たちは気力も体力も失ってしまったのか、美由紀を見ても声ひとつあげず、立ちあがろうともしなかった。

「どうしたの、みんな」美由紀はきいた。「ここでなにをしてるの？」

沈黙だけがかえってきた。

やがて、咳《せき》こみながらつぶやく少年の声があった。「ホン……サオ」

ベトナム語だ。なんでもない、気にしないでくれという意味がある。

日本人はひとりもいないようだ。この子たちの身の上が気になる。

だが、子供たちの安全を確保する意味からも、ボブがここに持ちこんだ物をまず探さねばならない。

美由紀はきいた。「拳銃はどこにあるの？《ガン・アー・ダウ・アー》」

子供たちは返事をしなかった。何人かが、かすかに怯《おび》えたような表情を浮かべただけだった。

これ以上、怖がらせることはできない。自分で見つけるしかなさそうだった。

とはいえ、ここには家具もなければ物を隠せそうな場所ひとつない。

それでも美由紀は、床を眺めるうちに違和感を覚えた。

畳の敷き方が変だ。四枚の畳の角が一箇所に集まっている。いわゆる四つ目は縁起が悪いとされていて、ふつうの畳職人ならこんなふうには敷かないはずだった。和室の常識に疎い外国人が敷きなおした可能性がある。

目を凝らすと、一枚だけが新しく見える。子供たちが座っている部屋の隅の畳だ。

「悪いんだけど、どいてくれない？」と美由紀はいった。

すると驚いたことに、体力をほとんど残していないかに見えた子供たちが、さっと立ちあがって部屋の反対側に駆けていき、またそこで寄り集まって座った。

子供たちの目は、なにかを訴えたがっているかのようでもあった。だが、あまりに痩《や》せこけたその顔は、表情筋の変化に乏しく、美由紀ですら感情を読みとることが難しかった。

その場にしゃがんで、畳の縁をつかみ、ゆっくりと持ちあげる。

美由紀は衝撃を受けた。

畳の下には空間があって、銃器類でびっしりと埋め尽くされていた。

それぞれの銃を無理なく収納できるよう、銃のかたちに床が繰りぬかれている。弾倉《マガジン》や消音器《サイレンサー》、弾丸などの備品とともに無数の銃が整然とおさまっている。デトニクス四十五口径のほかにウージー・サブマシンガン、S&Wのミリタリー・ポリス三十八口径、ベレッタ九十二FS、それにAK47半自動ライフルまである。

どれもぴかぴかに磨きあげられているが、使いこまれた中古品のようだ。それも、銃の右側にあるはずの登録番号が削りとられている。

密輸品の横流しとしか思えなかった。

携帯電話で通報しようとポケットに手を伸ばしたとき、美由紀は失態を悟った。電話は喫茶店で黒人の少女に貸し与えてしまった。

美由紀は立ちあがると、子供たちに告げた。「待ってて。すぐに助けを呼んでくるから」

部屋を駆けだす。ここは米軍基地の施設内だ。軍関係者に知らせることができれば、すぐに捜索が入るだろう。

廊下を走り、階段まで舞い戻ったとき、美由紀は制服姿の軍人と出くわした。

緑いろの制服に、大尉の階級章をつけている。目をいからせた三十歳前後の白人だった。

「大尉《キャプテン》」美由紀はいった。「この団地には銃器類が数多く隠されています。《メニー・ファイアアームズ・アー・コンシールド・イン・ディス・ハウジング・デベロップメント》おそらく《パーハプス・ゼイ・》密輸品です《アー・コントラバンズ》。すぐに保安部による立ち入り検査を……《イト・イズ・ネセサリ・トゥ・エクゼキュート・ジ・インスペクション》」

ところがそのとき、大尉の目は怪しく光った。

大尉がアーミーナイフで美由紀のわき腹をえぐろうとしたとき、美由紀はとっさに身をひいてかわした。だが、刃は皮膚をざっくりと切り裂いた。

感電したかのような激痛とともに、Tシャツに赤い染みがひろがっていく。美由紀は傷口を手で押さえた。

「なにをするの」美由紀は大尉をにらみつけた。

だが、大尉の表情にはなんのためらいもなかった。姿勢を低くし、ナイフを身構えてじりじりと間合いを詰めてくる。

軍人が密輸の主導者か。これではどうにもならない。

銀いろの刃がふたたび襲ってきたが、美由紀はわざと足を滑らせて床に倒れこみ、転がって階段へと逃れた。

傷口が開いてしまったのか、意識が遠のきそうなほどの痛みに襲われた。Tシャツはもう真っ赤になっている。

思ったよりも深手を負ったようだ。階段を駆け降りようとしても、思うように歩が進まない。

ほとんど転げ落ちるようにして階段を脱すると、美由紀はエントランスから駆けだした。生活道路を抜けようとしたとき、八木がこちらに歩いてきた。

「八木さん」美由紀は必死で声を絞りだした。「助けて。大尉が三階の部屋に銃器類を溜《た》めこんでいるの」

次の瞬間、美由紀のなかに戦慄《せんりつ》が走った。

さっきまで愛想のよかったその男は、冷ややかなまなざしを美由紀に向けるばかりだった。怪我に驚くようすも、身を案じる気配もない。

八木は無言だった。敵愾《てきがい》心に満ちた表情とともに、ゆっくりと近づいてくる。

彼もあの大尉とグルだなんて……。助けを呼ぶには、携帯電話で通報するしかない。

美由紀は逃走した。一歩踏みだすたびに身を裂くほどの激痛が全身を貫く。その場にへたりこんでしまいそうだ。

必死の思いで商店街まで戻った。喫茶店に辿《たど》り着くことさえできれば、追っ手を凌《しの》げるかもしれない。

しかし、その希望は打ち砕かれつつあった。

通行人は足をとめ、こちらをじっと見ている。彼らの目はいずれも、あの大尉や八木と同じ怪しい光を帯びていた。

喫茶店の軒先には、あの老婦の姿があった。老婦の態度も、ほかの住民と違いはなかった。敵意に満ちたまなざしを、まっすぐに美由紀に向けている。

なんてこと……。団地の住民すべてが、わたしの敵にまわっている。

全員が一見してわたしを、秘密を知った部外者だと察知したのだろう。わたしは彼らにとって、救う必要のある人間ではない。むしろ積極的に排除したがっているに違いない。

人々はわらわらとこちらに近づいてきた。包囲網が少しずつ狭まっていく。

この団地から逃れて、森の向こうにまで駆けだすことができたら、軍関係者の家族が司令部に通報してくれるだろう。

だが、そこまで達することは不可能だ。すでに意識も薄れつつある。立っているのがやっとだった。

美由紀はまた走りだした。最後の力をふりしぼって前進した。

薬局の前まで来ると、店内にひとけがないことがわかった。薬剤師は出払っている。逃げこむことができるのは、ここしかない。

なかに入ると、美由紀は薬品の収納棚に身体をひきずっていった。

とりあえず手当てをしなければ。傷口を縫っている暇はなくとも、ガーゼで応急処置を……。

思考が鈍った。意識が遠のく。美由紀はふらつき、その場に崩れ落ちた。床に叩《たた》きつけられたとき、傷口がさらに大きくひろがったような気がした。

嘔吐《おうと》感と激痛が全身を支配する。なんとか意識をつなぎとめながら、美由紀はいまの衝撃で床に落ちた薬品のビンに手を伸ばした。

なにか治療に使えそうな物はないのか。ベンジン、消毒用エタノール、それに……。

最後の希望を託してつかんだビンのラベルに記してあったのは、傷の手当てにはなんの役にも立たない薬品名、苛性《かせい》ソーダだった。

八木信弘は、商店街に歩を進めると、向こうからやってくるディクシー・ヒックス大尉に一礼をした。

住民たちがぞろぞろと薬局に向かう。ヒックス大尉もその流れに加わった。八木も歩調を合わせた。

「そこに逃げこんだのか？」ヒックスが日本語で聞いてきた。

「ええ。息も絶えだえでしたから、もうどこにも行けんでしょう」

「女はいつ来た？」

「ついさっきです。防衛大の出身とかいうので、怪しいと思ってました。それでお知らせしたんです」

ふん、とヒックスは鼻を鳴らした。「すぐに団地に行ってみてよかった。あの女、もう畳の下のストックを見つけてたからな。油断ならんよ」

「まったくです。間に合ってよかった」八木はいった。

ここでの生活を脅かす危険分子が、稀《まれ》に入りこむ。相模原団地をわざわざ尋ねてくる外部の人間などいるはずもない。客なら大尉による仲介を経ているはずだ。

過去十年にふたりほど訪問者があったが、いずれもここから帰ることはなかった。おそらく日本の警察関係者だったのだろう。どれほど怪しまれようとも、彼らは相模原団地を家宅捜索することなどできない。米軍施設の統治下にある植民地のような一画、協力な守護神に守られた町。誰ひとり侵すことは不可能だ。

薬局の前までくると、ヒックスがいった。「先に入れ」

八木は警戒しながら店のなかに歩を進めた。

だが、すぐに取り越し苦労とわかった。岬美由紀なる女は、薬品棚の前で床にのびている。

ヒックスがつかつかとやってきて、岬美由紀の血まみれの腹部を、力強く蹴《け》り飛ばした。

美由紀は無反応だった。顔からは血の気がひき、呼吸もない。

「死んだか?」とヒックスがきいた。

八木はひざまずいて、首すじに手をやった。

脈はかすかに感じられる。体温もあった。

「殺せ。夜になったら森に埋めて来い。ばらばらに刻んでもかまわん」

「いや、ちょっと待ってください。まずいですよ、それは」

「どうしてだ」

「もうひとり来るって言ってました」

「なんだと？」ヒックスは苦々しそうに美由紀を見おろした。「その連れのほうも防衛大の出身者か？　日本側の犬ということはありえるのか」

「まだわかりません。でも行方不明は厄介ですよ。警視庁ならともかく、防衛省が背後にいた場合は、軍事同盟国として米軍司令部に捜索を要請してくるかもしれません」

ヒックスは唸《うな》った。「なら事故に見せかけることだ。女はクルマで来たのか？」

「ええ。A1団地の前に停まってますよ」

「それをぶつけてから、自動車事故が起きたと保安部に通報しろ。住宅地区内で起きた交通事故に、日本の警察は介入できん。保安部がざっと調べるだけで済む」

「いいアイディアですね。そうします」

「細かいことは薬剤師《ドラギスト》と相談してきめろ。じゃ、私はもう行くぞ。長くここにいたんでは怪しまれる」

「まだ生きてます」

踵《きびす》をかえしてヒックスがでていく。代わりに、顔見知りの住民たちが近づいてきた。

八木は美由紀のデニムのポケットをまさぐった。

ほどなく、クルマのキーが見つかった。ランボルギーニのエンブレムが輝いている。

ヒュウと八木は口笛を鳴らした。やむをえないこととはいえ、始末するには惜しいほどの上玉だ。クルマも女も。

セカンド・インパクト・シンドローム

午後七時すぎ。町田駅のロータリー前は、帰宅を急ぐ人々の波でごったがえしていた。

雪村藍は歩道をうろつきながら、何度も携帯電話のリダイヤルボタンを押していた。

美由紀に電話をしても、いっこうにつながらない。電源が切れているか、電波の届かないところにいるためかかりません、そのメッセージだけが応じる。

会社が終わってから来ることは伝えてあったはずなのに、メールを送っても返事すらない。

この時刻に、町田駅にクルマで迎えに来てくれるはずなのに……。

じれったくなり、藍はタクシーで直接、目的地に向かうことにした。通行証は受け取っている。現地にいけば美由紀と会えるだろう。

日が暮れているせいで、市街地をでるとタクシーの窓から見える風景は真っ暗だった。

小田急線の沿線沿いに走っていることがわかるぐらいで、民家の光もまばらだった。

ただ、基地の街であることをしめす断片はあちこちに見受けられる。ARMSという看板を灯《とも》した店舗もそのひとつだった。明るい店頭に並んでいるのは、迷彩服やヘルメットなど軍隊で使われるものばかりだ。

「兵隊さんが買うんでしょうか？」と藍は運転手にきいた。

運転手は笑った。「まさか。あれは中古品やイミテーション　コスプレ　も売ってる。マニアが買いにくるんだよ」

へえ。藍は気のない返事をした。誰が着たの　さらにゲートに行き着いた。警備もいるのだろうか。理解しづら　人の兵士だ。銃を携えている。これは本物に違

やがて、暗闇の

して　しめすと、タクシーごと乗りいれてもいいと言われた。

これまた映画を彷彿《ほうふつ》とさせる住宅街を抜けていき、雑木林に入る。

その向こうは一転して、ひどく地味な団地が広がっていた。

「おや」と運転手がいった。「なにかあったのかな。基地の保安部が繰りだしてきてるみたいだ」

前方に目を向けると、青いランプを明滅させたジープが連なっている。兵士たちが林のほうに集まっていた。

馴染《なじ》みのオレンジいろの車体を見たとき、藍は愕然《がくぜん》とした。

「ここでいいです、停めてください」藍はそういって、金を払った。

釣りを受け取るのももどかしい。ただちにドアから駆けだした。

…いえど、彼らの仕事は警察の交通課による事故処理と同じことのようだっ…車両を写真撮影している者。しゃ…

藍が走り寄…測り、図表に書きこんでいる者。…現場を警備する者。

カタコトの英語で…しめあげて制止した。「立ち…ア・イズ・…ブレ…」

「へ…？」

兵士は無表情のまま、行っていいと親指でしめした。

動揺を抑えきれないまま、藍はガヤルドに近づいていった。

道を大きく外れたガヤルドは、太い木の幹に突っこんで、ボンネットが大破していた。フロントガラスは粉々に砕けていて、エアバッグが作動した痕《あと》がある。運転席には人影はなかった。

辺りを見まわしながら、藍はいった。「美由紀さんはどこ？　ホエァー・イズ・マイ・フレンド」

そのとき、遠巻きに眺めていた野次馬のような普段着姿のなかから、髭《ひげ》づらのたくましい身体つきの男が進みでてきた。「きみ、このクルマに乗ってた女の人の友達？」

「あ、はい……。よかった、日本の人ですか？」

「そうだよ」と男は愛想よくいった。「八木信弘っていうんだ、よろしく。この団地の住人でね。きみは？」

「雪村藍っていいます。なにがあったんですか？」

「子供が飛びだしたのを避けようとして、ハンドルを切りすぎたみたいだな。ずいぶん飛ばしてたみたいだし」

そんな……。あの岬美由紀が運転ミスだなんて。とても信じられない。

「美由紀さんはどうなったんですか？」

「脳震盪《しんとう》を起こして、意識不明でね。団地の診療所に運ばれてる」

「どこですか。いますぐ会いたい……」

「いいとも。こっちだよ」

まるで現実感がない。悪い夢を見ているようだ。藍は呆然《ぼうぜん》としながら八木の後につづいていった。

団地の建物をまわりこむと、古いたたずまいの商店街にでた。往来する人々は藍を見ると、笑顔とともに頭をさげてくる。

いい人たちばかりのようだ。だがこちらとしてはとても笑いを取り繕える心境にない。

八木がきいてきた。「事故を起こしたお友達のご両親は、どちらにお住まいで?」

「ええと……いえ、美由紀さんに家族はいません。結婚もしてないし、独りでした」

「そう。じゃあ、万一の場合は……」

「身内の代わりなら、わたしが責任を持って務めますけど……ああ、でも、どうしよう……。とても信じられないよ。美由紀さん……無事でいてほしい」

商店街を抜けてしばらく歩き、B2と大きく記された団地のエントランスに入った。蛍光灯におぼろげに照らしだされた一階の廊下を進んでいくと、扉のひとつに相模原団地診療所の看板がでていた。

こんな粗末な部屋に運びこまれているのか。ただちに病院に運ぶべきでは……。

扉の前で八木が振りかえった。「携帯持ってる?」

「ええ」

「じゃあ電源を切ってくれないかな。医療機器に影響を与えるらしいから」

藍はハンドバッグから携帯電話を取りだすと、電源ボタンを押した。液晶画面が消灯すると、藍はいった。「消しました」

「よし。中に入って」

八木が扉を開けた。

靴のままで部屋にあがれるようになっている。狭い室内は開業医の診療所そのものだった。住民への検診の案内や健康診断の日程表が貼ってある。待合の長椅子には、誰もいなかった。

衝立《ついたて》の向こうに歩を進めたとき、藍は衝撃とともに身動きできなくなった。

心電図が弱い鼓動を断続的な電子音に変えて響かせている。その機械の前に横たわっているのは、岬美由紀に違いなかった。

頭に包帯を巻き、目を閉じた美由紀は、ベッドの上で仰向けになったまま、ぴくりとも動かない。

「美由紀さん！」藍は呼びかけた。

「静かに」と白衣姿の女がいった。

藍はその女を見た。日本人だった。にこりともせず、心電図のデータをクリップボードに書き写している。

「すみません……」藍はつぶやきながら頭をさげた。「お医者さんですか？」

「いいえ。わたしは薬剤師なの。塚本紀久子《つかもときくこ》っていうの。団地の薬局で働いているんだけど、急患がでたっていうから手伝いに呼ばれてね」

「じゃあお医者さんはどこに……」

「この診療所には専属のドクターはいなくてね。火曜と木曜に基地の嘱託医が来るだけなの。もちろん急患が発生したらドクターも飛んでくるけどね。さっきまでいたけど、わたしにこの仕事を預けて引き揚げていったわ。容態が悪化したらただちに知らせてくれって」

「ちゃんとした病院に運ぶべきじゃないでしょうか。救急車を呼ぶとか」

「わたしもドクターにそう言ったんだけどね、駄目だって。事故を起こした直後、この女性はまだ意識があって、ふらつきながらもこの診療所まで足を運んだの。事故の時点でいちど脳震盪を起こしているんだけど、ここに来てから意識を失ってね。これは医学的には二度連続の脳震盪らしくて、セカンド・インパクト・シンドロームっていうそうよ。非常に危険な状態で、動かすことはできないって」

「それなら、専門医を呼ぶべきじゃないでしょうか。脳震盪ってことは、脳神経医とかそういう人を……」

「基地のドクターは脳神経外科が専門よ。その彼がいうには、脳がダメージを受けている可能性があるから、精密検査が必要だけど、機材をそろえてここに持ちこむには時間がかかるって。なんにせよ、いまは安静にしている以外に方法はないそうよ」

「どこにも運べないってことですか？」

「断言できることは、彼女自身が意識を回復しないかぎり、手の打ちようがないってこと」

「そんな……。美由紀さん……」

藍はふらふらと美由紀に近づいた。

呼吸ひとつしない美由紀の顔を眺めているうちに、その視界は揺らぎだした。涙がこぼれ落ち、胸を締めつけるような悲しみがこみあげてきた。

「美由紀さん」藍は両膝《ひざ》をついて、ベッドの傍らにすがりついた。「嘘でしょ。目を覚ましてよ。美由紀さん……」

自分のすすり泣く声だけが室内に響く。藍は絶望の淵《ふち》にいることを悟った。絶対に失いたくない人の命が危険に晒《さら》されるなんて。どうすればいいのかわからない。

八木は低く咳《せき》ばらいをして、診療所の塚本紀久子を振り向かせた。

紀久子は、ベッドの美由紀にすがって泣く藍をあとに残し、八木のほうに近づいてきた。

廊下にでると、八木は紀久子に小声で問いかけた。「岬美由紀が死ぬまで何日かかる?」

「二、三日ってところかしら」紀久子は不満そうだった。「ねえ。こんな手間をかける必要があるの? あの友達の子ともども始末しちゃえばいいじゃない」

「駄目だ。ヒックス大尉の指示でな。基地のなかでふたりも事故死したとあっては、保安部の団地への立ち入り検査につながる。事故死は岬だけにして、雪村藍にその死を見取らせるんだ。自然に息を引き取ったのを見れば、死因にも説得力が生まれる。岬に身寄りはいないそうだから、それ以上追及されることもない」

「司法解剖すればバレるわよ」

「日本の警察に遺体を引き渡すのは、軍の嘱託医による検死がおこなわれてからだ。そこは大尉がうまく操作して、検死結果をでっちあげてくれる。日本側に遺体が渡ったらすぐに葬儀、そして火葬だ。証拠はどこにも残らない」

「いつもどおり、すべて灰ってわけね」

「そうさ。……紀久子。どうやって美由紀を脳震盪《しんとう》に見せかけてる？　失神したまま放置してるのか？」

「まさか。それなら回復しちゃうかもしれないでしょ。ごく単純な方法よ。全身麻酔で動かなくしてある。と同時に、点滴に少しずつ砒素《ひそ》を混入してあるから、徐々に身体が弱っていき、死に至る」

「全身麻酔か。ということは、意識が戻ってる可能性もあるのか？」

「ええ。外見上、意識不明の重体を演出するには、そうするしかなくてね。でも安心して。文字どおり全身の筋肉が麻痺《まひ》してるわけだから、ぴくりとも動けない。声もだせないし、目を開くことも不可能なのよ」

「意識があるのに、それを友達に伝えることもできないまま、刻一刻と死が訪れるのを待つのか。残酷だな。気を失ったまま死ぬほうがよっぽど楽だ」

「こっちには関係のないことでしょ。わき腹の傷は縫合せざるをえなかったんだから、脳震盪に見せかけるしか事故死に至る道はないじゃない。文句ある？」

「いいや」と八木はいった。「完璧《かんぺき》だよ」

あいかわらず血も涙もない女。それだけに頼りがいがあると八木は思った。紀久子の家族は代々、この団地の薬剤師を務めてきた。選任の医師がいない団地で誰を生かすのも殺すのも、薬剤師の文字通りさじ加減ひとつにかかっている。

「診療室に戻れ」八木は指示した。「雪村藍から目を放すなよ。もし何らかの手違いで事実が発覚しそうになったら、そのときこそ躊躇《ちゅうちょ》せずにふたりとも殺せ」

「心配してくれてありがと。でも、ミスの可能性なんか万にひとつもないから」

紀久子はそれだけいうと、挨拶《あいさつ》ひとつせずに戸口のなかに消えていった。

八木はにやりとした。あの愛想のなさがたまらない。俺が団地のリーダーになったあかつきには、紀久子を娶《めと》るのも悪くないだろう。

岬美由紀は暗闇の世界で怯《おび》えていた。

ここまで恐怖を覚える事態は、かつていちども経験したことがない。意識があるのに、身体が動かせない。目を開くどころか、瞼《まぶた》を痙攣《けいれん》させることさえ不可能だった。

それでも、聴覚は働いている。藍がこの部屋にいること、ベッドに寄り添って泣いていることもわかっている。

腕に点滴の針が刺さっている、その痛みも感じていた。きっとなんらかの毒素が混入してあるに違いない。もぎ取るか、振り払ってしまいたいが、腕は一ミリたりとも動かせなかった。

全身の関節が痺《しび》れに包まれている。強烈な麻酔の作用だった。麻酔が覚めてくるチャンスは与えられるだろうか。代々木公園でスタンガンによる失神がつづいているのを装ったように、裏をかく機会はやってくるのか。

「美由紀さん」藍の泣きじゃくる声がする。「返事して。起きてよ……。わたしを独りにしないで」

わたしは無事よ。脳震盪なんか起こしていない。そう伝えたい。けれども藍が、真相に気づく可能性は皆無だった。

息を荒くして、藍にメッセージを送りたい。美由紀はそう思ったが、実行できなかった。呼吸を変化させることができない。不随意筋を除いて、胸や腹の筋肉は麻酔によって動かせなくなっている。

すぐ間近にいる藍にさえ、物理的になんらかの変異を伝えられる手段が皆無とあっては、もうどうにもならない。

扉が開き、なかに入ってくる足音がした。

薬剤師の塚本紀久子の声がする。「雪村さん……っていうのね？　八木さんから名前聞いたわ。きょうはもう帰ったら？　岬さんのことは、わたしが片時も目を放さずにいるから」

藍が涙声で告げた。「帰りたくない。帰れないよ、こんな状況じゃ……」

「そうはいっても、あなたにも仕事があるでしょ？」

「会社なんか休みます。たとえクビになったってかまわない」

紀久子がため息をついた。「仕方ないわね。団地の空き部屋に泊まれるかどうか、聞いてあげる」

「ここにいる。美由紀さんのそばに……」

「そう。じゃ、簡易ベッドを用意するわね。わたしもここに泊まるけど、それでいい？」

「ええ。お願いします」

駄目よ。美由紀は心のなかで訴えた。

こんなところに留《とど》まるなんて、危険きわまりない。藍が団地の秘密にわずかでも気づくことがあったら、きっとわたしと同じ運命が待っている。

お願いだから逃げて。相模原住宅地区を出て、蒲生さんか嵯峨君にわたしの身に起きたことを知らせて。脳震盪だからといって、粗末な診療所に置き去りになっている不自然さに、彼らはきっと気づくはずよ。

　だが、藍はまったく疑うようすもなかった。美由紀の右手を、そっと握ったのがわかる。触覚も機能している。それなのに、何も伝えられない。

「雪村さん」紀久子は、さも申しわけなさそうな声でいった。「こんなことをいうのは心苦しいんだけど……。基地のドクターが脳の専門医だって話、さっきしたわよね？　岬さんの治療は彼の腕にかかってるの。ドクターを信じてくれる？　そして、もし岬さんに万一のことがあったとしても、その後のことは……ドクターに一任してくれる？」

「はい。……すべておまかせします。だから美由紀さんを助けてください」

　美由紀は焦りを禁じえなかった。藍は口車に乗せられている。紀久子は、美由紀の死後、日本側の司法解剖を逃れるための予防線を張っているのだ。

　藍が気づいてくれなければ、なにもかも団地の人間の思いどおりになってしまう。

　せめて、この全身麻酔さえ切れてくれれば……。

　ところがそのとき、藍の声がきこえた。「その注射、なんのために打つんですか？」

「これはね、血流を円滑にするものなの。簡単にいうと、失神状態のまま身体が死んでいくのを防ぐためにおこなうのよね。これからも頻繁に身体のあちこちに打つけど、いいでしょ？」

「あ、はい。是非お願いします」

ちくりとする針の痛みを首すじに、肩に、腕に、脚にと、次々に感じた。

怒りとともに、絶望がこみあげる。

紀久子はこんなふうに、麻酔を絶やさないつもりだ。これでは、部分的にわずかな感覚が戻ることすらない。

藍が静かにいった。「美由紀さん。……早く良くなって」

「そうね」紀久子が告げた。「全身への注射を欠かさずおこなっていれば、脳の活性化にもつながるかも。意識が戻ることもあるかもしれないわね」

この女。美由紀は激しく憤った。

わたしに意識があると知っていて、わざと聞かせているのだ。手際のよさを考慮しても、こういう工作は初めてではないのだろう。すなわち、ミスをしでかす可能性はまずもってない。

美由紀は奇妙な感覚にとらわれていた。心のなかで、美由紀は泣きだしていた。だが、それは身体上には微塵《みじん》にも表れなかった。涙ひとつ流せない。声もでない。

真の意味での孤独が、美由紀を包んだ。わたしはもうこの世にいないも同然だ。身体は死んだように動かず、魂だけがかろうじて存在している。そして、その状況ももう永くはない。

コミュニケーション

雪村藍は一睡もせず、相模原団地の診療所で朝を迎えた。

薬剤師の紀久子は簡易ベッドを用意してくれていたが、藍は横たわることはなかった。椅子に座り、美由紀の寝顔を見つめつづけていた。

顔から血の気がひいている。昨晩よりもまた、症状が悪化したようだ。眠っているというより、死んでいるようだった。わずかな痙攣《けいれん》もないし、呼吸しているようすも感じられない。心電図の告げる微弱な鼓動だけが、美由紀の生をかろうじて伝えていた。

夜通し泣き明かしたというのに、まだ涙は枯れなかった。美由紀との思い出が胸に去来するたび、泣きそうになる。疲れた目に涙がしみて痛みが走る。それでも、目を閉じたくはなかった。美由紀の顔をずっと眺めていたい。

部屋の隅で、紀久子が伸びをしながら立ちあがった。「そろそろまた、注射しなきゃね」

紀久子はワゴンテーブルにある注射器を手にとった。夜中に何度も繰り返した作業だ。ほぼ二時間にいちどは注射するべきだろうと紀久子はいっていた。その決まりごとを、彼女はずっと守りつづけている。

薬剤師が注射をしてもいいのだろうか。素朴な疑問が頭をかすめたが、藍はそれ以上考えなかった。米軍施設のなかでは、法律も異なるのかもしれない。

藍はいった。「紀久子さんは……休まなくていいんですか？」

「わたし？」紀久子は笑った。「わたしは平気よ。この団地も高齢者が多くてね。徹夜の看病は日課みたいなものだし」

そうですか、と藍はつぶやいた。

立派な人だ。この診療所の世話になることができたのは、不幸中の幸いかもしれない。

紀久子が美由紀の身体のあちこちに注射をするのを、藍は無言で見守った。

依然として、美由紀はなんの反応もしめさない。

ぼんやりと思ったことを、藍は口にした。「美由紀さんの職場に知らせなきゃ……」

「いいえ。それはいけない」

妙に語気を強めて紀久子がいった。

藍は不思議に思ってきいた。「どうして？」

「……ここで携帯電話を使っちゃいけないっていう意味よ。心電図に影響がでるし」

「ああ、それなら気をつけます。だけど、臨床心理士会には連絡をしておくべきかなと思って」

「それならきのうの晩に、ドクターが電話しているはずよ」

「じゃあ……みんなお見舞いに来るかな……」

「無理ね。通行証がないと」

「あ、そっか……」

落胆が襲った。嵯峨や舎利弗はむろん、報《しら》せを聞いて衝撃を受けただろう。すぐにでも駆けつけたいと思ったに違いない。でもそれは叶《かな》わなかった。

友人の由愛香を呼ぶことができないのも心苦しかった。わたしと由愛香にとって、美由紀は命の恩人だ。その美由紀の危機に立ち会えないなんて……。

注射を終えた紀久子は、また椅子に戻り、届いたばかりの新聞の朝刊を読みだした。

美由紀に変化はない。むしろどんどん青ざめていく。

血流をよくするという注射は、効いていないのだろうか。

常に驚異的ともいえる回復力をしめしては医師を驚かせてきた美由紀が、ここまで衰弱するなんて。よほど強烈な脳震盪《しんとう》を起こしたのだろう。

だが……。

飛びだしてきた子供を避けようとして、道を外れ、木にぶつかった。あの八木という人の説明では、事故はそのように起きたことになる。

昨晩にかぎって、どうして美由紀はそんな事故を起こしてしまったのだろう。

美由紀の運転に同乗したことは何度もある。ガヤルドの助手席にも乗った。自衛隊で戦闘機に乗っていたという美由紀の動体視力は並外れていて、運転技術も抜群だった。

そんな美由紀も、いつも飛ばしているわけではない。普段は法定速度を遵守していたし、馴染《なじ》みのない道では徐行を欠かさなかった。

団地の前の生活道路を猛スピードで駆け抜け、子供の飛びだしに気づくのが遅れ、ハンドル操作を誤る。どれも想像できない。

いや。ありえない。

事故は、ほかに理由があるのではないのか。脳震盪という医師の見立ても、百パーセント正しいというわけではないのかもしれない。

だが藍は、そのことを紀久子に問いただすのは憚《はばか》られると思った。紀久子は親身になってくれているし、基地のドクターに絶大の信頼を置いているようだ。彼女の思いを否定したくはない。

そうはいっても、診断の是非が気になる。

壁ぎわの棚に目を向けた。医学書が並んでいる。

藍は立ちあがり、その棚に向かった。

紀久子がきいた。「なにか？」

「いえ……。時間を潰《つぶ》せるものはないかなと思って」

「新聞読む？」

「それより、このあたりの本を読んでもいいですか？」

「いいけど、専門書ばかりだしね。面白いものはないと思うわよ」紀久子はそういって、新聞に目を戻した。

最新医学用語辞典、その書名の分厚い本を、藍は引き抜いた。

椅子に戻って、その本を膝《ひざ》の上に置く。

そのとき、藍はなぜか美由紀に変わったところがあるように感じた。

だが、目を凝らしても、美由紀の容態に変化はない。

どうしたのだろう。わたしは何に違和感を覚えたのか。

しばらく考えたが、理由は思い当たらなかった。

気のせいかもしれない。藍は本のページを繰った。

調べたいことはただひとつだけだ。脳震盪。藍はその語句について記載してあるページを探した。
あった。脳震盪。

頭部に強いショックを与えたことにより、頭蓋《ずがい》骨内で脳が急激に揺れ、その衝撃のせいで起きる脳細胞の損傷。一時的な意識障害も伴う。最初の脳震盪から短期間のうちに二度目の脳震盪が起きた場合、かなり深刻である。これをセカンド・インパクト・シンドロームという。

説明どおりの記載だった。やはりドクターに間違いはないのか。美由紀の症状は脳震盪なのだろうか。
藍はさらに読み進めた。

受傷直後から意識の戻らないときは、脳挫傷《ざしょう》と診断される。一方、徐々に意識の状態が悪くなるときは、頭蓋内血腫《けっしゅ》疑と考えられる。セカンド・インパクト・シンドロームも含め、いずれのケースにおいても、ただちに救急車で病院へ搬送せねばならない。

おかしい、と藍は思った。

絶対安静にして、動かしてはいけない症状のはずではなかったのか。ただの脳震盪ではなく、セカンド・インパクト・シンドロームと紀久子はいった。しかし、この医学書にはその場合も搬送すべきと書いてある。

紀久子に尋ねてみるべきか。

いや。彼女自身が口にしたことを疑ってみたところで、彼女は主張を曲げないだろう。問題はなぜ、そんな主張をしたかだ。

医学書にはほかにも気になる記載があった。

昏睡《こんすい》、麻痺《まひ》、呼吸異常にまで及ぶ深刻な症状の場合は、最初の外傷または内部の脳ヘルニアに起因すると考えられ、早急な治療が必要である。この状況においては脳幹に圧力が加わっていて、血圧は上昇し、脈拍は呼吸数とともに減少の一途をたどる。これをクッシング現象と呼ぶ。

これについては、なんら奇異に思えるところはない。美由紀はこの深刻な状況に陥っている。昨晩からずっとそうだった。

にもかかわらず、藍はなぜか胸騒ぎを覚えていた。

なぜ気にかかるのだろう。この文章がどこかおかしいと感じる自分がいる。わたしはどんなことに警戒心を働かせているのか。

ぼんやりと考えるうちに、藍のなかで注意を喚起するものがあった。

音だ。

心電図が告げている音。つまり美由紀の脈拍。テンポが速くなっている。

藍は医学書の文面をふたたび見つめた。脈拍は呼吸数とともに減少の一途をたどる。少なくとも、この一文だけは事実に当てはまっていない。

しばらく心電図の電子音に聞きいっていると、その音の鳴る間隔はしだいに遅くなっていった。

心拍がゆっくりとしたものになる。

医学書のいうクッシング現象なるものが起きているのだろうか。

ところが、変移はそれに留まらなかった。スローペースで安定していた脈拍は、またしだいに上がっていき、さっきと同じような速いテンポを刻みだした。

このテンポ、どこかで……。

ふいに近くで、紀久子の声が飛んだ。「なにを読んでるの？」

藍はびくっとして振りかえった。紀久子がすぐ後ろに立っていた。

「ああ」藍は笑って見せた。「読んでいるっていうより、写真を見てただけ……。文章は小難しくて、よくわからないから」

「そう。エグい写真がいっぱいでしょ。手術中の写真なら、ほかにもいい本があるわよ」

「あのう……紀久子さん」

「なに？」

「お腹、すいちゃって。きのうから何も食べてないし」

「食事要る？　って何度も聞いたのに。返事しないから、食器ごと引き揚げちゃったわよ」

「ごめんなさい……。全然気がつかなかった。いまになってやっと、食べなきゃいけないって実感してます……」

「いいわ。ちょっと待ってて。喫茶の女将《おかみ》に何か作ってもらうから」紀久子は戸口に向かっていった。

「どうもすみません。ありがとうございます」

紀久子が扉を開けて、廊下に出ていく。後ろ手に、扉を閉めた。

足音が遠ざかっていく。

静かになってから、藍は美由紀に顔を近づけた。指先で美由紀の手首にそっと触れ、脈をとる。

やはり。あのときのペースと同じだ。

「美由紀さん。聞こえてる？　わたしの勘違いかもしれないけど……。美由紀さん、わたしの部屋で自律訓練法の効果を見せてくれたよね？　脈を自在に落としたりして……。医学辞典には、脳震盪《しんとう》でこんなふうに脈が速まったり遅くなったりはしないって書いてある。ひょっとして、意識があるんじゃないの？　もしそうなら、いまから脈を遅くしてみて」

藍は美由紀の脈をとりながら、しばし待った。

ほどなく、指先に感じる脈拍はペースを落としていった。心電図の電子音も同様に、ゆっくりしたものになる。

その衝撃は、昨晩の事故を知ったときのショックをも上まわるものだった。

咳《せき》こみながら藍はきいた。「ねえ、美由紀さん！　なぜこんなことになったの？　本当に事故を起こした？　もしそうなら、脈を速めて。事故以外に理由があるなら、このままの脈を保って」

しばらく待ったが、心拍のインターバルに変化はなかった。

さっきの脈のスピードの緩急が自然現象だったとしたなら、いま不変でありつづけているのはおかしい。やはり美由紀は、わたしの問いかけに答えている。

「ほかの病気？　じゃなくて、誰かにやられたの？　いえ、そんなんじゃ答えられないよね。ええと……。あの薬剤師の紀久子さんって人、信用できる？　そうなら脈を速く。違うならそのまま」

美由紀の脈拍は変わらなかった。

「ここに信用できる人はいる？　団地に助けを求められそうな人は？」

なおも心電図の電子音のペースは変化がない。

「どうしよう……。警察に通報するべきなのかな？　もしそうなら脈を速めて」

だが、美由紀の脈は依然としてあがらなかった。

「どうしてよ。通報するのが駄目なの？　……そっか、米軍基地だもんね。警察でどうなるもんでもないか……。じゃ、美由紀さん。わたしにできることはありそう？」

その問いかけの直後に、電子音は速くなった。

「あるのね。なにができるの？　ええと、どう聞けばいいのかな……。わたし、荷物も少ししか持ってないけど、なにかを使うとしたらどれ？」

藍はハンドバッグをひっくりかえし、膝《ひざ》の上に中身をぶちまけた。

「いったん脈拍を遅くしてみて。まず財布。クレジットカードにキャッシュカード、免許証とお金が少々あるよ。これらのどれかが役に立つ?」

美由紀の心拍のペースは遅くなったまま、変化をしめさなかった。

「財布は違うのね。次、電子手帳。PDAでデータ交換ができるのと、中身は……暇つぶし用のギャラガと、料理のレシピぐらいしかインストールしてないけど。これはどう?」

またしても脈のテンポはあがらない。

「じゃあ次。デジカメ。あのウェイターにネット犯罪を白状させたときの、間抜けな証拠写真が記録に残ってるけど……」

突如として、脈拍は速く刻みだした。電子音のペースはみるみるうちにあがっていく。

「デジカメを使うのね? でも何に使うの? ええと、5W1Hに当てはめて考えてみると……いつ、ってのは、今しかないよね。どこで、ってのは、どこだろ? この部屋?」

脈がゆっくりした速度に戻っていく。

「違うのか」藍は立ちあがった。壁に掛かった団地内の地図を見やる。「誰か住人の部屋?」

変化がない。

「じゃあ商店街とか?」

いきなり電子音が速くなった。

藍は、美由紀とのコミュニケーションに自信を深めつつあった。場所についても絞りこめそうだ。

地図に載っているテナントの店舗は七軒。藍はそれを順に読みあげていった。

リサイクルショップ。喫茶店。食料品店。書店。理髪店。雑貨店……。

いずれも反応がなかった。最後の店舗を口にする。薬局。

美由紀の脈拍はピッチをあげて、電子音をリズミカルに刻んだ。

思わず笑みが漏れる。藍はいった。「薬局ね!」

と、そのとき、いきなり扉が開いた。

紀久子が買い物袋をさげて入ってきた。その顔に、不信のいろが浮かんでいる。鋭い目が藍を、次いで美由紀をとらえた。

「話し声がしたようだけど」紀久子がきいてきた。「なにを喋《しゃべ》ってたの?」

「べつに……。この地図を見てただけ。ひとりごとが声にでちゃってたね。ごめんなさい」

ふうん。紀久子は疑わしそうに藍を見やると、美由紀のベッドに近づいた。

すでに心電図の電子音はゆっくりしたものに戻っている。美由紀の外見にも変化はない。

しばらくのあいだ紀久子は、美由紀を眺めまわすように観察していたが、やがて藍を振りかえった。「サンドイッチを貰《もら》ってきたわよ。コーヒーも」

「わあ。ありがとう。……ねえ、紀久子さん。それ食べたら、商店街のほうを見に行ってもいい？」

「……なぜ？　お友達を見ていなくていいの？」

「ここにいても、どうなるものでもないし……。この地図見ると、本屋さんもありそうだから、なにか読む物を探そうかなと思って」

「発売日より二日遅れの週刊誌と、埃《ほこり》をかぶった文庫本ぐらいしか置いてないけどね。まあ、それでよければ行ってみたら？　でも団地のなかには入らないでね。住んでる人がいるし、夜勤の人なんかはこの時間に休んだりしてるから、足音だけでも迷惑なの」

「わかりました」藍は、紀久子が差しだしたコーヒーを受けとった。「いただきます」

本当はここに美由紀を置いていきたくはない。でもこれは美由紀が指示したことだ。場所は薬局、使う物はデジカメ。そこに事態を打開するヒントがある。

マリオ

紀久子に怪しまれないように充分に時間をとって食事をした藍は、診療所をでて商店街に向かった。

外にでて、すぐに気づいたことがある。エントランスの前をうろついていた三人の男が、すぐ後ろをついてきた。商店街にでるとその三人は散っていったが、代わりに通行人が常にこちらに目を光らせている。

思い過ごしかと思ったが、そうでもない。たしかに何人かは、わたしに歩調を合わせている。

監視されている。誰も信用できないと美由紀は伝えてきた。ここにいる全員が怪しむべき存在に相違ない。

どうすればいいのだろう。わたしひとりで、美由紀を救うことができるだろうか。そもそも彼女はなぜここに囚《とら》われてしまったのか。

薬局を訪ねた。中央線沿いの駅前の商店街に見かけるような、狭い店内に薬のショーケースを設置し、カウンターがわりにしている間取りだった。薬剤師の紀久子が診療所にいるせいか、いまは留守で誰もいない。

店内に足を踏みいれる。奥に薬品棚を据えた小部屋があった。処方箋《しょほうせん》はそこで受けつけるらしい。白いタイル張りの床はきれいに磨かれ、清潔そのものだった。

藍はデジカメを取りだした。

ここでこのカメラを使う……。何をすればいいのだろう。

そのとき、戸口に足音がした。

「おはよう」八木が快活にいって店内に入ってきた。「朝からどうしたの？　頭痛薬でも探してるのかい？」

八木は、ふたりの男を連れていた。愛想のいい八木と比べて、ふたりはシャツをだらしなく着崩したチンピラのようないでたちで、むっつり顔で黙りこんでいる。

やはりわたしから片時も目を放さないつもりか。

とっさに藍はいった。「ちょうどよかった。八木さん、一緒に写真うつって」

「え？　俺？」

「そう。記念のツーショットってやつ」藍は八木の連れのひとりにデジカメを渡した。

「撮って。わたしたちふたりの全身が入るように」

男は眉《まゆ》をひそめた。「写真なら外で撮ったほうが……」

「もう。わかってないなぁ。太陽の光の下だと顔に陰影がつくでしょ。そういう効果を狙いたいときにはいいけど、デジカメできれいに写るには光が均等でないと。これぐらい薄暗い場所で、赤外線で撮ったほうがいいの。ね、お願い。そこのシャッター押すだけでいいから。八木さんも早く、隣りに来て」

八木は迷惑そうな顔を浮かべた。「しょうがないな。女の子はなにかっていうと自分撮りをしたがる。そんなに自分の顔写真ばかりコレクションしたいものなのかね」

「そういうものなの。わからない？　もてたいのなら彼女の写真を撮ることよ。これ恋愛の常識」

「へえ。勉強になるな」八木は苦笑に似た笑いを浮かべた。「わかった、つきあうよ。おい、池辺《いけべ》。早く撮れ」

池辺という男は仕方なさそうにカメラをかまえた。「いきますよ。チーズ」

シャッターが切られた。

藍はデジカメを受けとりながらいった。「ありがとう。いい記念になりそう」

写った画像を確認するため、液晶画面に表示する。

薬局の店内に立った男女。ただそれだけの画像でしかない。

だが、すぐに藍は妙なことに気づいた。

薬品棚のビンのひとつが、青白く発光しているように見える。

しかも、その棚のわきの壁に、文字のようなものが並んでいた。ぼんやりとだが、たしかに存在している。

実際の店内に目を移した。白い壁にはなにも書かれていない。棚のビンも発光してはいなかった。

そのビンのラベルをちらと見る。苛性《かせい》ソーダと記してあった。

これだ。美由紀が知らせたがっていたのは、このことだったのだ。

赤外線暗視撮影をすると白く浮かびあがるということは、苛性ソーダなる薬品にはそういう効果があるのだろう。美由紀はその苛性ソーダを使って、壁になにかを書いた。いま、その文字は肉眼では白い壁に溶けこんでいて見えない。

それでもメッセージは書かれている。ただ、この写真では角度的によく読みとれそうになかった。

八木が不審そうにきいた。「どうかしたのかい?」

「んー」藍は顔をしかめてみせた。「やっぱ男の人に写してもらうのって、なんか感じが違うんだよね。八木さん、もうちょっと寄ってくれる？　カメラってのはさ、こうやって頭上からかざして撮るのがいいんだよね。で、被写体はカメラのレンズを見あげる。瞳《ひとみ》が大きく写るから、可愛いの」

「やれやれ……。しょうがないな。どうだって？　もっとくっつくのか？」

「そう。もっとぴったりと」藍は片手でカメラを上方にかまえ、レンズを自分に向けた。

実際には、背後の壁を大きくおさめることに狙いがあった。液晶画面をこちらに向けたほうがフレームは正しく調整できるが、そうなると八木が文字に気づく恐れがある。勘で調整しなければならない。

シャッターを切った。チャイムの音がして、画像データが記録されたことがしめされる。

「オーケー」藍は笑った。「どうもありがと」

「あとで俺にもプリントしてくれや。まだここに用があるのかい？」

「いいえ。でも喉《のど》が渇いちゃった。どこかでお茶していこうかな」

「それなら向かいの喫茶店にいきなよ」

八木は戸口に立ってうながした。ほかの場所には行かせないという態度が見え隠れしている。

「わかった。じゃ、またね」藍は笑顔で手を振ると、商店街にでた。

早く画像をたしかめたいが、人目に触れるところでは怪しまれるかもしれない。

喫茶店の前まで来た。ここも良くいえばアンティーク、悪くいえば古臭い場末のテナントといった感じだ。

ドアを押し開けてなかに入るとき、背後を一瞥《いちべつ》した。八木たちは尾《つ》けてきてはいない。

店内のカウンターには白人の老婦がいた。「いらっしゃい」

「アイスコーヒーください」と藍は椅子に座った。

老婦は怪訝《けげん》そうな目で見やってきた。「あなた、診療所に泊まった人？」

「そうですけど……」

「さっき紀久子さんが朝食のテイクアウト注文してったんだけど」

「ああ、あれならいただきました。美味《おい》しかったです」

「うちでの支払いはドルよ。まあつけておくわ。あとで紀久子さんから精算してもらうから」

「すみません。お願いします」

冷蔵庫を開けながらも、老婦はこちらに背を向けようとはしない。常に半身になって、藍のようすをうかがっていた。

ここでも人目を避けることはできないのか。しかし、八木たちにじろじろ見られるよりは、老婦の監視にはまだ隙があった。

藍はなにげなくデジカメの画像のチェックに入った。この動作そのものが怪しまれることはないだろう。

さっきの上方からの画像。ばっちりだった。藍と八木の背後に、美由紀からのメッセージが写りこんでいる。

デジカメの画像は拡大が可能だった。ズームしていくと、文字が読みとれるサイズになった。よほど急いでいたのか、ひらがなと英文筆記体の走り書きだった。

あいへ　いぶきにでんわ　がいむしょう　なるせしろうつれてきて　Trafficking

そのメッセージを拡大した部分だけをトリミングし、データ量の小さい画像にしてデジカメ内のメモリーカードに保存する。そしてただちに、元の画像は消去した。

緊張とともに藍は思案した。いぶきにでんわ。伊吹。

美由紀に連れられて航空祭に行ったときの、あのハンサムな元カレを思いだした。たしか一等空尉のパイロットだったはずだ。

でもわたしは、彼の連絡先を知らない。百里基地に電話して呼びだしてもらうしかないのか。取り合ってくれるだろうか。

それに〝がいむしょう〟の〝なるせしろう〟については、まるで知らない人物だった。Traffickingとは交通という意味だが、これもどういうことかわからない。

老婦がアイスコーヒーをカウンターに置いた。なおも警戒するような目を向けてくる。ストローを手にとりながら藍は考えた。警察に通報してはいけないと美由紀は意思表示した。伊吹でなければならない理由があるのだろう。

是が非でも連絡をとりたい。でも、逐一監視されている状況下では難しい。

と、そのとき、厨房《ちゅうぼう》から黒人の女の子が駆けだしてきた。

少女は藍の隣りの席にぴょんと飛び乗るように座り、手にしていた携帯電話でゲームに興じた。

やがて少女は藍の顔をじっと覗《のぞ》きこんできた。

「ねえ」少女は日本語できいた。「お姉さんもゲーム持ってる?」

「え?」

「ジュリア」老婦がたしなめるようにいった。「物をねだってばかりいるんじゃありません」

するとジュリアは不服そうにうつむいて、またゲームをつづけた。

藍はジュリアの手もとを見た。

見覚えのある携帯電話。そうだ、美由紀の持っていたものと同じだ。

少女の言葉から察するに、美由紀はこれをゲーム機がわりに貸し与えたのだろう。

美由紀の携帯電話なら、伊吹の電話番号も記録してあるかもしれない。

はやる気持ちを抑えながら、藍はポケットから電子手帳を取りだした。「ジュリアちゃん。実はね、お姉さんもゲーム持ってるのよ。ギャラガって知ってる?」

ゲーム画面を表示してジュリアに向けると、ジュリアは目を輝かせた。

「貸して!」とジュリアは乱暴に携帯電話を放りだし、電子手帳に飛びついた。

老婦が咎《とが》めるような口調でいう。「ジュリア」

「いいんですよ」と藍は笑顔を老婦に向けながら、なにげなく携帯電話を手にとった。

「へえ、これ、ドンキーコングね。懐かしい。うちのお父さんがファミコン版やってるの見た覚えがある」

そういいながら、藍は膝《ひざ》の上でデジカメからメモリーカードを取りだすと、手に隠し持った。そして携帯電話をいじるふりをしながら、スロットにメモリーカードを差しこむ。

メーカーは同じだから互換性があるはずだ。

ジュリアのほうは、ギャラガに夢中になっている。

藍はゲームに興じるジェスチャーを心がけながら、画面を電話帳データに切り替えた。五十音順、伊吹直哉の名はすぐに見つかった。表示してみると、電話番号だけでなく携帯のメールアドレスもあった。

それを選択して、メモリーカードの画像を添付ファイルにした。素早くメール本文を入力する。

伊吹さんへ　航空祭で会った藍です。いま相模原団地にいるけど、美由紀さんが囚《とら》われてる。意識はあるけど動けないし話せない。彼女からのメッセージを画像で送るね。美由紀さんを助けて。

老婦の目がこちらを見据えていることを、藍は視界の端にとらえた。

メールを送信しながら、藍はジュリアにいった。「ハシゴのてっぺんにマリオが手をかけてれば、樽が落ちてこないって知ってた？」

「知ってる」ジュリアはギャラガをつづけながらいった。「きのう十万点いった」

「十万点？　すごいね」藍はメールの送信記録を消去してから、ゲーム画面に戻した。

「残念。ゲームオーバーかぁ」

その携帯電話をカウンターに置く。老婦の目は、液晶画面を見ていた。ゲームが映っていることを確認すると、ようやく視線をほかに向けた。

冷や汗をかきながら、藍はアイスコーヒーをすすった。実際にはゲームはまだ終わっていない。助かるか否かは、現実のマリオがどう動くかにかかっている。

国際問題

伊吹直哉は百里基地の第七航空団共有のブリーフィングルームにいた。

防衛大の教室を思わせる室内にはフライトスーツ姿のライバルたちが机を並べ、真剣な面持ちで教官の言葉に聞き入っている。

「F2の場合だが」教官は黒板を指差した。「このエンベロープを見ればわかるように、米軍のF16と推力やロール性能に似通ったところがある。フライ・バイ・ワイヤー式を採用したわけだが、こいつがなかなか厄介だ。欠陥が起きて系統が切れても、レバーの重さが変わらない。油圧やリンクを手応《てごた》えで把握していた諸君は戸惑うだろう」

隣の席の口ひげを生やした大男、岸元涼平《きしもとりょうへい》一尉が伊吹にささやいてきた。「対艦ミサイルを四発も搭載できるのはいいが、対空兵装はどうなってる？　AAM4や5が難なく運用できるようになってほしいもんだ」

伊吹はつぶやいた。「機体色からして海上迷彩だ、対艦攻撃力を重視してんだろ。専守防衛の理念から言えば間違っちゃいねえ」

「敵がゆっくり船に乗って来てくれるとも限らないんだがな。巡航ミサイルにも対処できなきゃ宝の持ち腐れだ」

「飛んでくる弾道弾を戦闘機で撃ち落してまわるつもりか？　まるで岬美由紀だな」

岸元は口を歪《ゆが》めた。「かもな。長いこと一緒に飛んだせいで考え方まで毒されちまったみたいだ。あれがいなくなって、二〇四飛行隊も寂しくなった」

「平和になったんだよ。三〇五《うち》じゃ基地の抱える最大のトラブルメーカーが去ったってんで、連日お祝いだった」

「……伊吹。前から聞きたかったんだが、おまえは美由紀については……」

教官はむっとしたようすでいった。「岸元一尉。なにか意見でもあるのか」

「いいえ」岸元は告げた。「パイロットとして、いかなる操縦方法にも適応していく所存です」

「操縦方法？　いま話しているのは二十ミリ機関砲《JM61A1》に関してだぞ」

失笑が広がるなか、岸元はばつの悪そうな笑いを浮かべた。

そのとき、伊吹の胸ポケットの携帯電話が短く振動した。

メールの着信か。電話を取りだして液晶画面を見やる。

驚いたことに、差出人は美由紀だった。

メッセージを表示したとき、伊吹は凍りついた。

すぐさま立ちあがり、机上のF2の最新資料を小脇に抱えて、後方の扉に向かう。

「おい」教官が呼びとめた。「伊吹一尉。どこへ行く」

「べつに。ちょっと電話をしてきます」

教官の小言を聞き流しながら、伊吹は扉を押し開け、通路にでた。

足ばやに歩を進めながら、藍からのメッセージを確認し、添付してあった画像を開く。

画像の筆跡はたしかに美由紀の字だ。

美由紀……。

第七航空団司令部の二階通路の突き当たり、パイロットに使用が許可されている簡易オフィスに足を踏みいれる。

空いているデスクにおさまると、伊吹は受話器をとった。

外務省の〝なるせしろう〟という人物にまず連絡をとらねばならない。部署も役職も不明だし、携帯電話では取り次いでもらえないだろう。その点、このオフィスの電話からなら話が早い。発信者番号が百里基地とわかれば向こうも真剣になる。

果たして、電話にでた女性の声は緊張を帯びていた。「外務省です」

「航空自衛隊第七航空団、第三〇五飛行隊の伊吹直哉一等空尉です。成瀬《なるせ》という方に緊急の用件があります。つないでください」

「成瀬……ですね。お待ちください」しばらく間をおいて女性がいった。「文化交流部、国際文化協力室の成瀬史郎《しろう》でよろしいでしょうか」

「……はい。お願いします」

回線がつながるのを待つあいだ、伊吹は首をかしげた。国際文化協力室だと。そんなところに何の用だろう。

「成瀬です」と若い男の声が応じた。

「伊吹といいます。じつは岬美由紀からあなた宛に、ヘルプのサインが届いているんでね」

「み、岬美由紀さんですか……？　あ、それはどうも。でもどうして私に？」

それを聞きたいのはこっちだ。美由紀と成瀬のあいだにどんな関係があるのかも知りたい。

だがいまは、優先すべきことがある。伊吹はいった。「理由はわからないが、美由紀はいま相模原団地って場所で監禁または軟禁状態にあるらしい」

「相模原団地。相模原住宅地区内の日本人居住区ですね」

「米軍施設か？　なにが起きたかはわからないが、とにかくきみをご指名だ」

「なぜでしょう。私は在日米軍の担当というわけでは……」

「Traffickingって言葉と何か関係があるかもしれない」

電話の向こうで息を呑《の》む気配があった。

「岬さんがそう言ったんですか？」と成瀬の声がきいた。

「伝言にはそう記してあるな」

「わかりました、すぐ出かける用意をします」

「俺もいくよ。午後の予定は別のパイロットに変わってもらう。ほかに何か、気に留めておくことは？」

「……くれぐれも慎重な行動をお願いします、伊吹さん」成瀬の声が告げた。「これは戦後六十余年の、日米間にとって最大級の国際問題に違いありません」

正気の沙汰

ブガッティ・ヴェイロン、一千馬力のトルクを発生させる世界最大のモンスター・マシンのステアリングを握り、伊吹直哉は東名高速の横浜町田出口から相模原住宅地区に向けて疾走していた。

メーターパネルの時計を見やる。午後三時十七分。百里から霞ヶ関の外務省を経由して相模原までわずか二時間。地上の移動としては悪くない。

だが助手席におさまったスーツ姿の若者は、ピックアップしてからずっと身をちぢこまらせていた。

「あの、伊吹さん」成瀬史郎は怯《おび》えきった顔を向けてきた。「どうか、もう少し冷静な運転を……。これじゃ捕まりますよ。さっきオービスの前も突っ切ったでしょう?」

「写っちゃいないよ。四百三キロ出てたからな。被写体としてフレームにおさまっているとは思えない。パトランプ灯《とも》したやつにも二度ほど追尾されたが、振り切ってやった」

「よ、四百三キロ⁉　時速四百三キロですか？」

「それ以外に何がある」

「たしかに外務省の研修で乗ったリニアモーターカーのスピード感に、近いものがある気はしてましたが……」

「ああ。気のせいじゃなかったってことだ」

「冗談じゃない！　困りますよ。お互い国家公務員の身じゃないですか。速度を落としてください」

伊吹はひそかにため息をついた。

どんなに骨のある奴かと思えば、温室育ちのお坊ちゃんそのものだ。嵯峨といい成瀬といい、美由紀の知り合う男はどうしてこうも線が細いのだろう。よほど俺とつきあっていた頃の反動が強烈なのか。

「成瀬」伊吹はアクセルを緩めず、赤信号を突っ切りながらいった。「たしかに交通ルールは守らなきゃいけない。俺も普段から警察に挑戦状を叩《たた》きつけてるわけじゃない。だが音速の二倍を超えて飛んでると、陸地の移動ってのはもどかしくてな。より大きなトルクを求めるうちに、このクルマに行き着いちまった。安心しな。これぐらいの速度なら、どこにどんな危険があるか見落としたりはしねえよ」

「あなたの動体視力と反射神経には全幅の信頼を置いてますが……」

「トロトロ走れって？　美由紀の身に危険が迫ってるのに？」

「……いえ。そうですね。早く着けるにこしたことはないです」

沈黙が降りてきた。十六気筒、八千ＣＣのエンジンの重低音だけが車内に鳴り響く。

伊吹はクルマを飛ばしながらいった。「美由紀とデートしたことはあるのか？」

「な、なにを？」成瀬はひどく動揺していた。「どういう意味ですか？　私ごときがデートだなんて」

「そうだろうな。とても気があったのに、思いが通じなかった。そうじゃないか？」

「……はぁ。まあそういうことになりますかね。でもどうして判ったんですか」

「きみの態度を見てりゃ千里眼でなくても見抜けるだろうぜ。美由紀に惹《ひ》かれるのは、きみみたいなタイプが多いな。強い女は好きか？」

「はい。あ、いぇ、そういうわけでは……。しかしそのぅ……伊吹さんのほうは、どういうご関係で？」

「元カレだな」

「本当ですか⁉　あ、その左手の薬指のって、もしかして、こ、婚約指輪？」

「これか？　そうだよ。だけど相手は美由紀じぇねえよ。元カレだって言ってるだろ」

「美由紀さんとつきあってたんですか？」

「同棲《どうせい》してた。短い間だったけどな」

「そうですか……やはり幹部自衛官どうし、強い者どうしが惹かれあうんでしょうかね」

「そんなに肩を落とすな。あいつが恋愛感情に鈍いのはたしかだ。というより、本人も気づかないうちに、すっかり心を閉ざしちまってるからな」

「心を閉ざす……。つまり、どういうことですか？」

あまり詳しく説明する気にはなれなかった。というより、伊吹のほうもそれほどよく判っているわけではない。

「その話は後だ。成瀬、美由紀がきみを呼んだのは、用心棒がわりになるからっていう理由じゃないのはよくわかった。どうしてきみにご指名がかかった？」

「推測ですが……。国際文化協力室でしばしば問題になるのは、文化や福祉事業を国が推薦する際、その当事者である外国人の身元に不審な点が見つかることです。つまり国籍なり出身地を偽っている外国人……いえ、日本人も含めてなのですが、かなりの数に上りましてね。これらの国籍の混乱に拍車をかける闇の事業に警視庁が捜査を始めていて、私の部署は全面的に協力しているんです」

「闇の事業ってなんだ」

「この辺りでは結構昔から噂されていたことですが……伊吹さんはご存じないですか」

「あいにく神奈川生まれじゃないんでね。ここに来たのも初めてだ。相模原市について知ってることといえば……ほら、あの交差点の角に見える店。ＡＲＭＳだっけ？　古くなった軍用品を売ってる店な。金に困った自衛官があそこに装備品を売ったりするんで、よく問題になってた。それぐらいだな」

「はないちもんめって、知ってます？」

「勝って嬉《うれ》しい花いちもんめ……ってやつか？」

「そうです。あれはもともと人身売買の歌なんです。花は女の子を指します。貧困な家庭が女の子を売りにだすとき、人買いに一匁《いちもんめ》で買い取られるという意味です。あの子がほしいとか、相談しようとか、買ったマケたというのは、人買いの取り引きを表すものです」

「ああ、それなら聞いたことがある。だが、美由紀のメッセージとなんの関係がある？」

「Traffickingというのは直訳すれば交通ですが、人身売買という意味でもあるんです。警視庁は人身取引と呼んでいます。はないちもんめの地域別のフレーズの違いから、人身売買には古くから米軍施設内の住民が関与しているのではないかとみられていました」

「フレーズの違いだって？」

「はないちもんめは地方によって歌詞にいろんなバージョンがあるんですが、相模原を中心にした神奈川の一部にだけ〝鉄砲担いでちょっと来ておくれ〟というくだりがあるんです。厳密には他の地域でも〝鉄砲〟の歌詞は散見されるんですが、頻度はごく少なく、この一帯こそが発祥の地とみて間違いないんです。それも文献によれば、戦後です」

「鉄砲ってことは軍隊、つまり米軍がらみのことか」

「と同時に、銃器類の売買とセットにして行われているのではとの見方もあります。国際文化協力室はそうした調査結果を警視庁に提供しましたが、米軍施設では家宅捜索の令状をとることもできず、捜査は暗礁に乗りあげざるをえませんでした。相模原住宅地区内の相模原団地、すなわち純然たる日本人でありながら基地内の雑務を請け負うことによって生計を立てている人々の住まいは、恰好《かっこう》の隠れ蓑《みの》です」

「美由紀はその証拠を握った可能性もあるわけか」

「おそらくそうでしょう。美由紀さんを救出すれば、日本における人身売買の最大の拠点を叩くチャンスになります」

「人身売買なんてものがまだあったとはな。知らなかったよ」

「一九九六年の〝児童の商業的性的搾取に反対する世界会議〟の発足以降、今もなお国際的な人身売買のケースは無数に報告されています。たいていは難民や貧困層から拾った年端もいかない子供を流通させるわけですが、目的は性的搾取か臓器売買のいずれかです」

「なるほど。許せない話だな」

伊吹はクルマの速度をさげた。相模原住宅地区沿いのフェンスに車体を寄せて停車する。

前方にはゲートが見えていた。迷彩服の兵士が警備にあたっている。

「さて」伊吹はつぶやいた。「どうしたもんかな」

「あの兵士に事情を話して、取り次いでもらいましょう。事態の重さを訴えれば、理解してもらえるかもしれません」

「なぜそんなふうに言い切れる」

「なぜって……。私は外務省の人間だし、あなたは防衛省の幹部自衛官です。同盟国の人間として敬意を払ってくれるでしょう」

「馬鹿をいえ。政治家のヌルい付き合いではそうかもしれねえが、米軍が敷地内での不正なんか認めるもんか。日米合同演習で何度も先方の身勝手な言い分につき合わされてるからな、断言できるよ。動かぬ証拠でも突きつけないかぎり、奴らは考えを変えねえ」

「じゃあどうすればいいでしょう」成瀬はふいにひきつった顔を向けてきた。「言っておきますが、無茶な考えだけはなさらないほうがいいです。自衛隊の人間がゲートを強行突破すれば、日米間の深刻な問題となる恐れが……」

「ああ。そんなことは考えちゃいないよ」

「そうですか。よかった……」

「なにを安心してる？　俺が躊躇《ちゅうちょ》してる理由はな、このまま突撃しても解決に結びつかねえからだ」

「え？　ど、どういうことですか」

「日本人の不法侵入への対処なんて、ここの保安部どまりだ。留置場に入れられて取り調べを受けるのが関の山だ。しかも騒ぎを聞きつけた人身売買業者どもは、当然俺たちが美由紀を助けにきたと気づいちまうだろう。美由紀も藍ちゃんも殺されちまう可能性がある」

「そうですね……」

「米軍の司令部はキャンプ座間のほうにある。少なくともそっちの士官クラスを引っ張りだせたら、相模原団地の連中も血相を変えることになるんだが……」

「では座間に説得にいきましょう」

「おめでてぇ奴だな、きみは。相手にされないって言ってるだろ。どうせ司令部からここの保安部に連絡して、調査しろと命じるだけのことさ。結果は同じだ」

平静を装っていても、内心では焦燥感に駆られる。美由紀が犯罪者どもの手中におちた。この塀の向こうにいるとわかっていて、なんの対策も講じることができない。

これが逆の立場だったら、美由紀はどうするだろう。

いつも無茶し放題のあいつなら……。

すぐに思い浮かぶ光景があった。防衛大で初めて岬美由紀を見かけたときの姿が、脳裏に閃《ひらめ》いた。

伊吹はヴェイロンを急発進させ、Uターンして道を引き返した。

成瀬が驚いたようすできいた。「どこに行くんです。なにをする気ですか?」

「美由紀のやり方に倣うんだよ」伊吹はいった。「むろん、正気の沙汰《さた》じゃねえけどな」

（下巻へ続く）

本書は書き下ろしです。

この物語はフィクションです。登場する個人・団体等はフィクションであり、現実とは一切関係がありません。

千里眼《せんりがん》
美由紀《みゆき》の正体《しょうたい》 上

松岡圭祐《まつおかけいすけ》

角川文庫 14844

平成十九年九月二十五日　初版発行

発行者—井上伸一郎
発行所—株式会社角川書店
東京都千代田区富士見二—十三—三
電話・編集（〇三）三二三八—八五五五
〒一〇二—八〇七八

発売元—株式会社角川グループパブリッシング
東京都千代田区富士見二—十三—三
電話・営業（〇三）三二三八—八五二一
〒一〇二—八一七七
http://www.kadokawa.co.jp

印刷所—暁印刷　製本所—BBC
装幀者—杉浦康平

ま 26-107　ISBN978-4-04-383612-3　C0193

角川文庫発刊に際して

角川源義

第二次世界大戦の敗北は、軍事力の敗北であった以上に、私たちの若い文化力の敗退であった。私たちの文化が戦争に対して如何に無力であり、単なるあだ花に過ぎなかったかを、私たちは身を以て体験し痛感した。西洋近代文化の摂取にとって、明治以後八十年の歳月は決して短かすぎたとは言えない。にもかかわらず、近代文化の伝統を確立し、自由な批判と柔軟な良識に富む文化層として自らを形成することに私たちは失敗して来た。そしてこれは、各層への文化の普及滲透を任務とする出版人の責任でもあった。

一九四五年以来、私たちは再び振出しに戻り、第一歩から踏み出すことを余儀なくされた。これは大きな不幸ではあるが、反面、これまでの混沌・未熟・歪曲の中にあった我が国の文化に秩序と確たる基礎を齎らすためには絶好の機会でもある。角川書店は、このような祖国の文化的危機にあたり、微力をも顧みず再建の礎石たるべき抱負と決意とをもって出発したが、ここに創立以来の念願を果すべく角川文庫を発刊する。これまで刊行されたあらゆる全集叢書文庫類の長所と短所とを検討し、古今東西の不朽の典籍を、良心的編集のもとに、廉価に、そして書架にふさわしい美本として、多くのひとびとに提供しようとする。しかし私たちは徒らに百科全書的な知識のジレッタントを作ることを目的とせず、あくまで祖国の文化に秩序と再建への道を示し、この文庫を角川書店の栄ある事業として、今後永久に継続発展せしめ、学芸と教養との殿堂として大成せんことを期したい。多くの読書子の愛情ある忠言と支持とによって、この希望と抱負とを完遂せしめられんことを願う。

一九四九年五月三日